# 晩夏に

Kitamura Junko
北村順子

編集工房ノア

# 晩夏に　目次

装幀画　児玉靖枝

# 隠しごと

近くに住む女友だちがやって来て言うには、カジュアルなお見合いパーティーに参加したのだが、ある男性が自己紹介のカードの「特技」という欄に、「時々小さな嘘をつく」と書いていたという。聞いて思わず笑ってしまったが、どんな男性だった？　と訊ねると、彼女は探さなかったと興味なさそうだった。私ならこんなことを書く男性はどんな顔をしているのかと興味津々なのだが、彼女は絵に描いたような堅物なので、「嘘をつく」などまったく不真面目、不謹慎。もし本当なら、はなからお断り、なのだ。

うまいなと思う。この男性の狙いである。つまり、このことをおもしろがるような女性を探しているということなのだろう。

嘘をつくのも秘密にするのも、相手というか対象があってはじめて成立する。ということは、いまの私にはまったく無縁ということになる。だからと言って正直者でもないのだが――。

よくわからなくなってきた。嘘はともかく秘密というか隠しごとならひとつ忘れられないことがある。

社会人としてはじめて勤めた会社は事務機器メーカーで、本社営業部庶務課というところだった。営業部員は外勤と内勤とに分かれていて、外勤は各地区の販売店を担当する。おおよそ五十名ほどだったと思う。これは全員男性で、月の三分の二は担当地区に入っていた。内勤には庶務課と営業経理課というのがあった。それぞれ五名ずつほどいる。庶務課は、外勤の人たちのサポートや販売店との連絡、葬祭、苦情、部長たちの秘書的な仕事、たとえば出張時の乗り物の手配などありとあらゆる雑務を担当していた。この課には次長兼庶務課長の定年間近な女性と、同期の男性課長補佐、三十代の男性、彼は大病をして外勤ができずに異動になってきて通院が続いている。こういう構成だった。よって私の初仕事は、来客へお茶をだすことからはじまった。

慣れぬ毎日の通勤電車は立ちっ放しのぎゅうぎゅう詰めで、そのうえ会社は高層ビルの一画、三十二階F棟といったか、決まったドアから入り、決まったエレベーターに乗らなければならない。まずは無事に職場に、机にたどり着けるかで緊張してしまう。当初、フロアを歩きまわったことは一度や二度ではない。いまでも時々職場に着けない夢をみることがある。営業部の同期入社は外勤に男性三人、経理課に女性がひとり。この心細い毎日に、私は経理課の女性を頼りにした。彼女の名前は井口けい子という。あとで判ったことだが、彼女は正社員ではあったが、定期入社ではなかった。いまもあるのかどうか、欠員が出たとき、まずは社内に知らせる、いわゆる縁故採用というものだ。彼女が社内の誰と知り合いだったのかはとうとう聞かずじまいだった。

私たちは時間を合わせて昼食を一緒にとるようになった。ひとりだと緊張と不慣れで食事を済ますと時間をもてあまし、早々に席に戻ってしまう。退社までまったく気が休めないのだ。二人で社員食堂やビル内のレストラン、少し慣れてくると外に出て食べたりお茶を飲んだり公園を散歩し心身を休めた。仕事上の失敗はもちろんあり、うっすら涙を浮かべるということもしょっちゅうだった。そういうとき彼女と喋るなんでもない話は楽しかった。仕事が終わったあとは、疲れきっていてどこかに行くなどという元気もなく、ただひたすら家と会社を往復するのみだ。彼女の住まいは会社から西へ私鉄で一時間、私は南東へ一時間ということもあり、帰りは別々だった。余裕がなかったのだ。営業部は残業の多い職場で、彼女のいる経理は月末と月初めに集中するが、私の方は年がら年中だらだらと残業続きだった。それは外勤の人たちが帰社するのが夕刻で、それから忙しくなるためだ。夜八時ぐらいは当たり前で、私はよく朝九時出勤夜九時退社と笑って言っていた。

それでも一年経ち二年経つと、不思議に時間に余裕がでてきた。明日でよいものは明日とし、残業を早めに切り上げるコツも身についた。職場の人たちのよい話やよくない話もするようになってきた。

井口けい子は三歳年上だったが、学生の時と違い社会に出ると三歳などという年齢差はあまり関係がない。このことは学生時代とは大きく違った。

色白でなにもかも小作りな彼女は、明るく元気でお喋りだった。口調もハキハキしていて、その通りの性格で、歩き方も同じ。なにかあるといちいちくよくよと考え込む私には、本当にありがたい頼れる友人だった。

三年目の春だったろうか、なんとなく彼女の様子が妙だと気づいた。一緒に過ごしていても口数が少なく元気がない。落ち着きがない。少し顔色も悪い。普段の仕事中はそうでもないのだが。気になって社外のレストランにランチを誘った。

彼女は素直に話してくれた。実は幼なじみでずっと付き合っていた男性がいる。家も近くで親同士も仲がよい。いずれあなたにも紹介しようと思っていた。彼が運送会社をはじめるために借金をした。そのとき連帯保証人になった。もうひとりは彼の父親だ。会社が設立直前に頓挫して彼は行方不明、いま彼の父親とで借金を返済している。実はといって彼女は声を潜めた。

「会社はアルバイト厳禁だからばれるとまずいんだけれど、仕事が終わってからスナックで働いているの」

私は彼女のその環境の激変に驚いてしまい、ナイフとフォークも手にとれなかったが、彼女は喋りながら猛スピードで、皿にあるポークカツレツを片づけた。

「最近、食べるのも早くなったの。後ろから追いかけられているからね。でもがんばる。なんとか返済したいの。会社に知られないよう仕事もきちんとしないといけない。お願い、これだけは私の全生活がかかっているの。誰にも言わないで黙っていてほしい。逃げたあいつを探している時間はない。借りた先が信用金庫で怪しげなところでなかったのが不幸中の幸い。あいつがやった唯一よかったことよ」

なんとか目処がつくまで五年はかかるという。

「私は三十を過ぎる。とにかく返済。それからしかいまはなにも考えられない」

彼女は眩しいのか目を細め、厳しい視線で窓の外の大きなイチョウの木を見つめた。葉は生まれ変わったばかりの小さな浅い緑色で、南風にこまかく揺れ歩道に葉陰をおとしていた。木の側には、髪を三つ編みにした少女のブロンズ像がある。微笑んでいるようにも見える。

普段から薄化粧ではあったが、その横顔が妙にやつれてみえた。尖った顎のためかも知れない。彼女の顎はこんな形だったろうか。私は変わらずの毎日を送っていて、彼女も同じだと思っていた。彼女の激変。こんなことが起こっていたとは。

「そのお店は、つまり、大丈夫なの？」

「なにが」

「その、ちゃんとしたお店というか、安心して働けるの？」

「それは大丈夫。家の近くで、親たちとも仲がいいの。すべての事情を知ってくれているから。大丈夫じゃない、そういうところへ行けば収入は増えるかも知れないけれど。そんなところへ行ってなにもかも台無しになるのはまずいでしょう。返済が済んだら自分の生活に戻るんだから。具合の悪いことになったら私の人生破滅よ。あいつのせいで台無しになるのはごめんなの。あいつを好きだったのは確かだし。自分の責任なんだから責任はとるのよ。ここはきちんと働いて返す。絶対返す」

最後は自分自身に言い聞かせているように力を込めて言った。その姿勢は悲壮ではあったが、実に頼もしく映った。妙な言い方だがある種心地よかった。

とにかく協力できることは、黙っていることだった。社内では決して彼女の体調や私生活に立ち入った会話はしない。どこで誰が聞いているやも知れず、建物の中は想像以上によく音が響き廊下を歩いていると意外な会話が耳に入ったりする。気を緩めてしまいそうな更衣室や湯沸し室も、二人だけになっても話さない。彼女が借金を無事返すこと、アルバイトが知れて解雇にだけはならないように願った。私たちは昼休み社員食堂で昼食を済ますと公園に行き、そこで小声でお喋りをした。

店は深夜一時ごろまでだったが、遅刻などなく彼女は社内ではまったく変わりがなかった。月末や月初めの残業もやっている。隠そうという態度ではなかった。黙っているという姿勢だった。淡々と仕事を、毎日を過ごしているように見えた。私もそれに倣った。隠そうとするとぎこちなくなるのだ。黙っていることは私にとってもさほど苦痛ではない。そうすると自然に振舞えた。彼女がアルバイトをしていることを忘れはしなかったが。このことはなんの変化もない私の勤め人生活に、緊張感と少しの高揚感をもたらした。

いちどだけ、その店へ行ったことがある。女性ひとりでも気軽に入れる店だと彼女に誘われたからだ。

仕事が終わってはじめて彼女の住む町に向かった。私鉄に一時間ほど揺られたが、座ることなどできない。私のところと一緒だと苦笑した。ラッシュの車内はここも静かだった。窓外に移る景色もよく似ている。駅に近づくとビルや民家が密集し、離れると少しの緑が見える。その繰り返しだった。

閉まりかけた駅前の古い商店街を進んでいくと、何筋目だったか右手に折れた。間口の狭い飲食店が建ち並ぶ路地の、さらに路地を入った。大人ふたりは並んで歩けないムッとするような風通しの悪いところに店はあった。喫茶店のような店内が見えるカットガラスのドアのところに、「つえこ」と書かれたプレートが掛かっていた。区切られたガラスの四角い隅には埃が泥のようにこびりついている。

店内は、細長く狭い店だった。カウンターには十脚ほど背もたれのない丸椅子があったが、奥の二脚にはタオルやおつまみの入った缶が積んであり、とても座ることはできそうになかった。

紹介されたママのつえこさんは、背が低い太った気さくなおばさんで、日中商店街をエプロン姿で歩いても、なんの違和感もない、そんな女性だった。胸とお腹が同じくらい大きくて、カウンターの中を移動するのが窮屈そうにみえた。ママを助けるように彼女は会社よりは明るい表情ではあったが、普段喋っている時とかわりなく、終始動き回っていた。客も近所の家族連れという感じで、気どらない店だった。

いつでもいらしてね、というつえこさんの言葉に送られて店を出たが、一滴の酒も飲めないのはやはり迷惑だろうと申し訳なく思った。これで時給どれほどなのか見当もつかなかったが、それを訊ねることもできない。彼女というか彼の借金の額も、具体的には訊いてはいなかった。

あるとき表向き依願退社扱いで辞めた社員が、実は副業で不動産売買をしていたこと、またそれが発覚したためと聞き、蒼ざめたことがあった。彼女と私はその件に関して一切話さなかった。それで十分だった。しかし、受け止めの温度差、切実さは格段に違っていたはずだ。解雇になるのは彼女で、私ではない。彼女がスナックで働いている時間、私は布団の中で眠っている。私はあくまで当事者ではなかった。このことを思うのはもう少し時間が経ってからなのだが。

三年が過ぎたころ、彼女が昼食を外でと誘ってきた。毎日社員食堂に付き合っていて、これは彼女が一日のなかで唯一ちゃんとした食事を安価に摂ることができる、大切な栄養摂取場所だったからだが、やはり長引くとつらかった。時折弁当を二人分つくってもいたが、彼女が負担に思うので、連日はできない。外食を誘うこともできなかった。内心小躍りして行くと、彼女はランチのなかからワンランク上のビーフカツレツを注文する。しかもごちそうするという。

「いいことがあったんだ」

「そう、目処がついたの」

そのときの彼女の晴れ晴れとした表情を忘れることができない。常態化した睡眠不足で顔色は悪く肌は荒れていた。いつも重そうな腫れた瞼を懸命に開けているといった様子だった。当時、彼女はストレートの黒髪を肩までのばしていて前髪を眉のあたりできれいに揃えていた。艶のある美しい髪だった。その揺れ方がその一瞬華やいでみえた。ああ、彼女はこんな魅力的な女性だったんだとしみじみ思う。つぶらな瞳が濡れて微笑んでいた。

「長い間協力してもらってありがとう。本当に感謝する」

彼女は深々と頭を下げた。私たちは水の入ったグラスで乾杯をした。

「向こうのお父さんがかなり無理をされたの。でも、嬉しい。なんだか無性に笑いたくなるのよね。こう、朝の電車のなかとか。気持ちが軽くなるってこういうことかと思ったわ」

「わかるような気がするわ。よく身体がもったね、それがいちばん心配だった」

「病気も逃げたわよ。あの生活では」

私たちは、ビーフカツレツと添えてあるキャベツの酢漬け、ライスとスープをきれいに食べた。二人してこんなにおいしい昼食をこんなに早く食べられるときがくるとは。私は自分も借金から解放されたような気がしていた。もちろん私が解放されたのは、会社に対して黙っていたことからだったのだが。

とにかくこれからは楽しいことが待っている。私はランチの格をあげるとか、たまには帰りに映画をみたりショッピングもしたり、旅行へも。そんな、遊ぶことばかり思い巡らせた。彼女と一緒にいることを信じて疑わなかった。

しばらくして、井口けい子はあっさりと会社を辞めた。つえこさんが高齢で店を続けられなくなり彼女が引き受けることになったのだ。私が会ったときおばさんに見えたつえこさんは、そのときすでに七十歳を大きく越えていたという。

「返済が済んだら返済前のあの自分に戻れると思っていたけれど、やっぱり戻るって事はないのね。三年と少しの生活を経た自分がいまいて、そこで考えるのよ」

私はなにも言えなかった。そのとおりだと思った。

唯一の友人がいなくなったが、勤め人生活は六年を過ぎていた。同性の先輩はそれほど多くなく、後輩たちとは話は合わなかった。適当に一日を終え家に帰る毎日が続いた。年に一度か二度の遠出をし、ショッピングが趣味となる。彼女とは時々電話で喋る程度となった。互いに近況を報告し、いま直面している困りごとなどを話し合っていたが、私が知っているのはつえこさんと店内の様子だけで、そのつえこさんはいない。電話をする時間帯も話す内容も少しずつすれ違い、次第に彼女との交流は間遠くなっていった。

夏休みは職場のみんなが交代でとるのだが、子どものいる者、予定を立てたい若者たちは、五月の連休が済んだ直後から調整に入っている。何の予定もない私は、いつもみんなの後にとっていた。したがって、ひどいときは二日休んで一日出社、また三日休みというような夏休みになることもあった。別にこれといって不満でもなかった。そのころ一緒に住んでいた両親は、近くに住まわせた五歳と三歳の男の子がいる妹家族とべったりだった。

「今年は木村さんがいちばんに予定をいれてください」

奇妙な平等を主張された。しかし、有休を消化できず総務からも注意を受けていたので、それならと八月の初旬一週間をとることにした。

夏なら北へと思うのが旅慣れていない者の考えで、ひとりでも参加できる四泊五日のパック旅行を申し込んだ。

広々とした大地をバスで揺られながらの旅で、二十名ほどの、そのほとんどが若くはない二人連れだった。ひとり参加は私だけだった。昼食のときなど声をかけてくれるのは母娘のカップルで、娘さんといってもかなり年配のように見えた。二人はこういう旅に慣れているのか余計な質問はせず、話すこともっぱら旅のことだけという心得た人たちだった。

ただ、この夏は異常気象の長雨で、快晴でさわやかだったのは空港を降り立ったその一瞬だけ、後は濃霧、細かい霧雨が降った。冷夏などではなく一気に初冬かと思うほど寒く、バスの外にでるときは持っている衣類を重ね着しなければならなかった。屋内はどこにいってもストーブが入っている。ツアーガイドの中年の男性は、毎朝出発するバスの挨拶のはじめに、こんなことは珍しい、ガイド歴三十年ではじめてだと繰り返し、私たちへの気休め慰めとしていたが、誰もが閉口していた。

最後の宿泊地だった。山間の温泉場に着いたのはまだ午後の早い時間だったが、雷雨に強風をともなっていて、外は夕暮れのようだった。くもったバスの窓から見る温泉街は歩いている観光客もなく、建ち並ぶ旅館の広い駐車場にも車はない。街路樹が大きく揺れ、雨がアスファルトを激しく叩いていた。寂しい、どこかうらぶれたように私の目には映った。

部屋に案内してくれた宿の女性が、冷蔵庫にある牛乳は無料の飲み放題です、と言う。気候のせいですか、と訊ねると、いいえ、農政の失敗による過剰生産で、町民には牛乳風呂もすすめていますという。女性は、経営されているみなさんのことを思うと捨てられませんからと深刻な口調で答えた。すぐに、

「冷えた牛乳は飲みすぎるとお腹を壊します。ご注意ください」

と笑った。

「夜は湖まで行って満天の星を見るツアーがあります。今夜はどうでしょうか。雨は止んでくると思いますが。お夕食時にお知らせできると思いますのでその折にお返事、お願いします。星は見えなくても湖のそばの露天風呂に入れます。もうひとつは朝のバードウォッチングで、これは旅館の向かいにあります森の散策です。朝六時にフロント前に集合です。宿の主人がご案内いたします。どちらも参加無料ですのでどうぞ、ぜひ、ご参加くだ

さい」

　女性は、一度聞いただけでは覚えきれないたくさんの連絡事項を言って部屋を出ていった。

　長時間のバス旅と寒さで疲れ、ゆっくり宿で過ごしたいと思う。どちらも不参加を決め夕食をとりにいくと、母娘は朝の散歩に参加を決め、何組かはどちらにも参加するのだという。母娘に誘われたがやはり断った。さきほど案内してくれた女性がやってきたので不参加を告げると、こちらが驚くほど驚いて体調を訊ねる。否定すると、

「それでは旅館から三百メートルほど行った四つ辻の、信号のある、そこの角にある神社で夏祭りをやっています。夜店もでていますのでお食事のあとでも散歩がてらどうぞ。雨もきれいにあがりました」

　彼女はたぶん、親切で勧めてくれているのだ。なんとか退屈せぬよう、好印象を持って帰ってもらいたいと。その切実な思いは伝わってきた。彼女に悪意はない。

　夕食を終え部屋に戻ったが、旅行最後の夜だとも思いなおし、雨も止んでいたのでしっかり防寒対策をして外出することにした。

　ロビー前には早々と星空ツアーに参加する人たちが集まってきていた。夕食のときに盛

り上がったのか人数がいくらか増えているような気がする。そっと玄関を出てメインストリートを歩く。道の両側に旅館と土産物屋が並んでいる。雨が降ったためなのか、店は半分ほど戸を閉めたりビニールの覆いを掛けたりして照明も落としている。そんなことでよりいっそう寂しさが増す。夏休み期間とは思えない人の少なさ、肌寒さ。晴れてきそうだが、北からの風が白樺の葉を震わせている。いまは八月の初旬だと改めて思い直す。教えられたとおり三百メートルほど歩くと十字路がある。それぞれの角には白い洋館建ての町役場、大きな土産物屋、バスターミナルと公園。もうひとつの角に神社らしいクスノキのような大木が聳え立っていた。見上げると黒く見える枝という枝、葉という葉がしなるように震えるように揺れている。よく見ると石灯籠もあるが、祭りをしているという賑わいはない。風に揺れる葉音しか聞こえてこない。聞き間違えたのか。彼女は確かに祭りと言ったように思う。ここではないのだろうか。訊ねるにも誰も歩いていない。バスターミナルの土産物屋ももう明かりを半分落としている。これ以上歩くのも疲れる。道から神社を少し覗いて帰ろうと思った。

四方待つ車もなく、立っているのは私だけだ。交差点の信号機は強風で揺れている。私は薄暗く静かな神社を見つめながら、歩行者用の信号がそれぞれ点滅するのを見つめていた。

境内入り口の灯籠にはぼんやりと明かりが燈っている。恐る恐る石畳を進むと、突然中央に、浅い長方形の水槽に、色とりどりの風船がぎっしり浮かんでいるのが目に入った。周りが薄ぼんやりしていたので、この極彩色の風船の固まりはまぶしかった。ゆっくりと眺めると、この風船のプールを囲むようにテントを張った店が白熱灯のあかりに浮かんでいる。射的と輪投げがひとつになったテント、細工の飴だろうか粉に曇ったガラスケースを置いているテント、竹串にバナナを刺して溶かしたチョコレートを塗っているテント、懐かしい瓶入りのラムネなど飲み物を水に浸けているところ、ざっとそれぐらいだった。

強風がこの四角い境内に舞うと、あちこちのテントがバサバサと揺れ、止め忘れている看板かなにかが真鍮の柱にあたっているのか、大きな金属音をたてる。目を凝らしてみてやっとそれぞれのテントの内側に人がいるのがわかった。

奥にある社務所には蛍光灯が点いていて、熨斗をつけた一升瓶が青白く並んでいる。その奥に、白いカッターシャツにズボン姿の老いた男性がひとりなにをするでもなく座っていた。祭りの賑わいなどまったくなく、寒いだけなので帰ろうとすると、浴衣に丹前姿の男性たち五、六人がにぎやかにやってきた。宴会の勢いでやってきたのだろう。ようやく何とか活気づいた。彼らが大きな声を出しながら輪投げをしたり射的をしたりしていると、子ども連れの家族客がやってきた。祭りといっても地元の人たちはいない。観光客相手の、宿で夕食が終わらないと始まらないのかもしれなかった。やってきた子どもたちは、着ているナイロンパーカーのフードを被り、長ズボンというスタイルだ。風船の前ではしゃいでいる。子どもたちの喚声に誘われるように、私は境内に足を踏み入れた。

飴細工は、人形や動物を手際よく仕立てるようなものではなく、かたまりの飴をのばして薄くしていくというものだった。若い男が口上というのか、ただ、一本が二本、二本が四本と倍数を言うだけだが、とり粉をつけながら手打ち麵のように細くしていく。二桁三桁になってもすらすらと唱える数字がみなの感心を誘うらしい。最後はガラスケースにおさめられるのだろう。ニッキとか抹茶、きな粉と書いてある。ハスカップとあるのが北の土地らしい。

この男性はずんぐりとしていて、黒い太い縁の眼鏡を掛けている。黒いナイロンジャンパーを羽織っていて、下には襟まわりが伸びてギャザーのようになっている白いTシャツがみえている。何かを入れているように膨らんだ頰には、にきび跡がたくさんある。次々とはじき出される数字が聞き取りにくいのは、歯並びが悪く音がこもるからだろう。

本人は思い切り愛想よく客に向かって喋っているようだが、それは何か言うといちばんに彼自身がふっと息を吐くように笑うからわかるのだが、こちらからすると実に無表情で心がこもっていないのがわかる。視線だろうか。瞳に力がない。いや、冷ややかなのだ。売ろうという熱意などまったく感じられない。しかし、彼は一度も自分の手を見ない。それは見事だった。太い腕やごつごつした手指は、とり粉で白く浮き上がって見える。

男の前に並んでいる曇ったガラスケースをよく見ると、その男の横に低いイスに腰掛けている女性がいた。男が数字を言って飴を割くたびに、丹前姿の男性客らが「ほーっ」と感嘆の声を出している、その背後に私はいる。客らの丹前の隙間から私はその女性を見つめたまま、視線だけではなく身体中が動かなくなった。

井口けい子だ。彼女の両手は上半身を支えるように両膝に置かれ、背中を丸めている。曇ったガラスケース越しだからすべてがぼやけているのだが。顔色がファンデーションのためか不自然に白く、茶に近い口紅がべっとりと塗られている。金色の髪は前髪も含めて後ろでひとつに。額も出ているからか、その横顔からは若さや活気などどこにもなかった。かなり年配、老いてすらみえる。襟なしの薄いセーターの首のあたりがとても寒そうだ。上になにも羽織っておらず、胸のあたりが粉で白っぽくなっているデニム地の緑色のエプロンを着けていた。

見間違うはずなどない。六年近く毎日一緒だったのだ。どうしてここに。そして、どうしていま出会ったのか。このわずかな接点、一瞬が怖かった。

彼女は横を向いている。見覚えのある尖った顎だ。彼女の視線の先は、輪投げをしている家族連れで、外してばかりいる男の子に周囲の大人たちが大声援を送っている。彼女はそれを無表情に、けれどじっと見つめていた。たぶん、飴売りをしているように思うのだが、横で飴を捌いていることにも口上を言っている男にもまったく関心がないようだった。

気がつくと、飴売りの男がまっすぐにこちらを見ていた。前にいたはずの客たちがいない。男はニッと笑った。終わったのか、彼は何も持っていなかった。あの飴はどこへ行ったのか。でこぼこの黄色い歯がみえ、ぶあつい唇の端が濡れている。私は男を見つめたまま一歩後ずさりした。もう一歩。男は鋭く非難の視線をこちらに向けた。声を出せば彼女が立ち上がり袋に入れてくれるのか。彼女は井口けい子だ。

私は視線を外し、ただ、身体はまだ男の方を向けたままもう一歩後退し、くるりと背を向けた。同時に、どっと酔客と子どもたちの喚声が起こり、それに押されるように神社を後にした。

あの男はいったい何者か。幼なじみにしては若いように思う。ただの従業員かもしれない。けれどここは北の地で、連絡はなくなってはいたが、あのスナックを任されているはずだ。そうでなくても――。

どうして声を掛けなかったのかわからない。声がでなかったというのがいちばん正確な気がする。言葉などいまでも浮かばない。彼女の横顔に、その状況に、笑顔で再会を喜び合うということは無いように察した。私の思い過ごしなのか。彼女の横顔に過去との拒絶を感じたからかもしれない。いや、これらは後からの付け足しだ。それよりいまここで出会ったということ、そのことにうろたえたのだ。私は半ば小走りになっていた。

宿に戻り、冷えた身体と混乱した頭の中を整えるために温泉に入った。

湯船に浸かっていると、星空ツアーに参加した人たちが帰ってきたのか、にぎやかな会話と笑い声が響きながら近づいてくる。私は立ち上がらずそっと隅のほうに移った。

あの時、彼女は彼の借金の返済をするために三年間スナックで働いた。私はそれを誰にも言わなかった。

彼女は私に、何を言わなかったのだろうか。

# キャリントンの頃

いつもどおりの簡単な朝食を済ませ、病院からの薬を飲む。昨日の夕食後でおしまいにならなかったのは、どこかで一度飲むのを忘れたらしい。いつ忘れたのか思い出せないが、とにかく処方された薬はこれですべて飲んだ。袋を丁寧にたたんで屑籠に捨てる。もう、薬は必要ない。医者ではなく私が決める。時間の流れと自分の思いには従順でいたいのだ。

食卓に戻って、広げたままになっている新聞に視線を落とした。地域版の片隅に、家から歩いて二十分ほどにある大学の教室で映画上映会があるという記事が載っている。

それは「映画で知るイギリス文学の世界」というタイトルで、4月20日（金）『日蔭のふたりJUDE』1996年／イギリス／監督マイケル・ウィンターボトム／原作トマス・ハーディ『日蔭者ヂュード』（岩波文庫・国書刊行会刊）。5月18日（金）『ことの終わり』1999年イギリス／監督ニール・ジョーダン／原作グレアム・グリーン『情事の終わり』（新潮文庫・早川書房刊）。6月22日（金）『キャリントン』……

私は思わずそのタイトルをもういちど目で追った。

『キャリントン』１９９５年／イギリス・フランス合作／監督クリストファー・ハンプトン／原作マイケル・ホルロイド『リットン・ストレイチー』（新潮文庫刊）より。

再びこのタイトルを目にするとは。足を運んだ映画館も数年前だったかすでに閉館している。また、当時あまりというかまったく話題にならなかった、ということもある。しかし、この映画は私にとって忘れられない作品となっていた。

いまでも、いくつかの場面が不意に浮かび上がってきては私の手を止めさせることがあり、再び沈めるのにずいぶんと厄介な思いをするのだった。それにはもうひとつ理由があって、この映画をみることになった少しおおげさではあるが、経緯というかその前後のことが次々と繋がってくるからだ。こうなるともうなすすべもなく、おしまいまでじっと耐えなければならなかった。いまもそうだ。エマ・トンプソン演じるドーラ・キャリントンと、ジョナサン・プライスのリットン・ストレイチーふたりの姿の向こうに、黒い服を着た、痩せて背の高い女性がふっとあらわれた。

三島よし子さん……。

私に『キャリントン』をみるように勧めてくれた女性。

彼女のことを少し話そうと思う。

一九九〇年一月、私の勤める広告会社は代理店の協力の形で、ある大手スーパーの仕事をすることになった。このスーパーは呉服販売業から出発しており、これまでの企業のイメージを大きく変えようと作業を進めていて、それはシンボルやロゴマークをはじめ、社歌から社員のユニホーム、レジ袋、包装紙にいたる千近い項目での変更がリストアップされていた。かなり大掛かりなもので、いくつかのチームに分かれすでに動き出しているものもあった。私は、それぞれの作業の進行内容、状況の把握や調整を担当する統括チームに入ることになった。そこに、スーパー本部総務部の立場から三島よし子さんが参加していた。彼女は作業についての具体的な発言はしなかったが、たとえば社章のデザインなどについての意見を求められれば、しっかりと自身の意見を理由とともに述べた。また、会社に関することは彼女に聞けば正確な年月、そのときの社長名などことこまかに即座に知ることができるので、彼女が参加している訳はすぐに理解できた。

このチームには、男性二十名ほどの中に女性は三島さんと私、そして代理店の小林美代子さんの三名だった。私たちは、自然と休憩時間のお茶や昼食をいっしょにすることが多くなった。小林さんとは、以前から仕事も一緒にしており年齢も同じくらいだったが、三島さんは私たちよりは少し年上のように見えた。四十歳半ばか五十歳近かったかもしれない。

彼女は身長が百七十センチほどあり、すらりとしていた。手足が長く色白で、顔はもちろん首や腕なども透き通るように蒼白かった。そのため鼻先や頬のところのそばかすが少し目立ったが、それも気にならないくらい彼女の顔立ちはすっきりと整っていた。そう、初めて彼女に会ったとき、細く長い手指の動きとともに大きめの黒い瞳をしばらくこっそり見ていたのを憶えている。まっすぐの髪は耳が隠れるくらいの短さで、いつもたいてい白のブラウスに黒のスカートかボトムといったもので、華やかさや派手さはなかったが、どれも上質なものだということは私にもわかった。

訊ねられたこと、必要なことは話すが普段はもっぱら聞き役で、彼女はいつも静かに少し微笑みながら座っていた。そうかといって冷たい印象はない。時折私と小林さんの話に高い声で笑い出すこともあって、そういう時は意外性も加わってとてもチャーミングだった。

小林さんと私は、二人になるとよく三島さんのことを話した。気がつくと話しているという感じなのだった。仕事のできる女性は何人も知っていたが、魅力的といえる人はそういない、彼女はそういう女性であるというようなことだった。

三島さんは独身であり、本部近くのマンションにひとりで住んでいるようだったが、そのこと以外の私生活については、まったくと言っていいほど誰も知らなかった。

そんな話になると彼女はニコニコ笑って、「話すようなことはなにもないの。だらしない格好で家の用事をして、後は寝転んでいるだけよ」と言ったが、私たちは、いや少なくとも私は信じなかった。それは私の休日であり、彼女の休日ではないと思うからだった。

あるとき、チームの親睦を兼ねた食事会で、三島よし子さんは大学で英文学を学び、ヴァージニア・ウルフについてたいへん詳しいという話になった。そんなふうに話題を向けられても、彼女はただ静かに笑うだけで、身を乗り出してウルフのことはもちろん、文学の話をしたりはしなかった。私は三島さんと二人になった折に、二十代の前半にウルフに夢中になり読んでいたことがあると言った。彼女の白い肌に少し赤みがさしたような、あかるくなった気がした。私はお酒を飲んでいたこともあったのか調子に乗り、

「ダロウェイ夫人は、自分で花を買ってくると言った」

と、『ダロウェイ夫人』の最初の一行を少し大きな声で言った。すると彼女の大きな黒

い瞳が遥か遠くを見つめ、少し潤んだように光った。私は彼女のいままで見たことのない表情に、このあと何と続けたらいいものかうろたえ困ってしまった。仕方なくというか、他に『燈台へ』も好きだと付け加えると、彼女は我に返ったような、驚いた様子で私をまっすぐに見つめ、「私もとても好きよ」とにっこりして答えた。

けれど、やはりそれ以上このイギリスの作家について話すことはなかった。私はいくらでも話して欲しかったし聞きたかったが、彼女はそうはしなかった。少しでも彼女と共通の話題で話せると思ったのは本当だったが、むしろ助かったのかも知れない。いくら夢中になったとはいえ、私の少ない読書量とその浅い知識ではとうてい話は続けられなかっただろう。

私たちの直接の担当ではなかったが、この仕事にはひとりの若い芸術家が作品とともに採用されることがすでに決定していた。同時にまだ無名のこの芸術家の銅版画、水彩画を中心とした個展も開かれることになっていた。

彼がはじめて私たちの前にやってきたのは、スーパー本部の会議室だった。その日は各チームが揃う全体会議と呼ばれるもので、ずらりと背広姿が並ぶその部屋に、華奢なよく日焼けをした少年（最初、私には少年に見えた）が、ノックもせず頭も下げず入ってきたのだった。

擦り切れた黒のコーデュロイの上着に、薄汚れたこれ以上しわはできないと思われる灰色のカッター、サスペンダーをしたゆったりめの黒いズボンの丈はくるぶしが見えていた。頭には濃灰色の中折れ帽を被っていたが、席についてもとることはなかった。この会議室のどの者たちとも溶け合うことはない、むしろそれらを自ら拒絶しているというような異質な感じがした。初対面にやってくるにしては礼を欠いた服装と態度だったが、態度はさておき、服装はこれ一着しかないように思えた。彼は、ここにこうしていることを怒っているような表情だった。ほとんど話すことはなかったが、唇が動くと眼差しが少し揺れた。そのあと個展の開催を私たちも手伝ったが、彼はここが自分の場所だというように、初対面よりはきびきび身体を動かし、少し甲高い声で話していた。銅版画にも水彩画にも彼の作品には人や動植物が小さくたくさん描かれていて、それは老いも若きも男も女も裸であろうとなかろうとみんなそれぞれに笑っていた。が、彼の笑顔は私には想像もできなかった。

直接会ったのはそれだけだった。言葉も交わさず、私の担当も終了した。しばらくすると、彼の名前と作品が美術誌などではなく、最初から女性雑誌などで取り上げられるようになった。短くきれいに整えられた髪に引き締まった輪郭、鋭く大きな瞳、白く整えられた歯と口元、少し俯き加減に笑う時の陰影のある表情、こざっぱりした服装の芸術家が、対談にインタビューに、ラジオにテレビに出始めた。作品は出版物の装幀をはじめ、公園や施設のさまざまなところで目にするようになったが、特別な関心はなかった。

少し時間が流れた。

不況になると、勤めていた社員十人ばかりの小さな会社、それも広告宣伝などをしているところは大波をうけひとたまりもない。私は社内でいちばんに肩をたたかれ、社員でなくなった。ひとつひとつの仕事を個別に請け負うというかたちに移行したのだ。他人の目にはフリーになったと聞こえはよいが、実際、その請負も間遠くなり、会社へ行く間隔が週に一度が二週に一度となっていった。依頼もないのに顔を出すのはなにかしら物欲しげでできず、それでは他の人たちに仕事を持っていってしまわれると忠告を受けたが、できないものはできなかった。私は自宅近くの印刷屋から新聞の折込みチラシの仕事をもらい、レイアウト、コピー、校正などをやり凌いでいた。

ある日、庶務を担当する女性から電話があり、代理店の小林さんから手紙がきているというので取りに行くことにした。

封書はすでに開封されていて、それを庶務の女性は電話の時から謝っており、会っても挨拶より先に謝罪を口にする始末だった。仕事の関係だと思ったという。社用のものだったから仕方がないとなかを覗くと、小林さんからのメモと代理店の住所に小林さんの部署、私の名前が記された未開封の封書が入っていた。裏返すと三島よし子とあった。メモには、久々にあなたに会いたい、連絡を。と書かれていた。私は嬉しくて、抑えようとすればするほど笑顔になっていくのが自分でもはっきりとわかった。女性は、仕事の話でしょうか、きっとそうですよね、よかったですね、などとまたまた思い込みの強いことを言っていたが、仕事の依頼とはくらべものにならないほど嬉しかった。いそいそと会社をでて、家まで待ちきれず近くの喫茶店に入った。

三島さんからの封書には、便箋と一枚のチケットが入っていた。便箋にはきれいなペン字で、久しぶりにみたい映画がくるので楽しみにしていたが、風邪をこじらせた後体調がすぐれずに会社を休んでいる、映画は行けそうにもない。以前、あなたがヴァージニア・ウルフのことを好きだと言っていたのを思い出し、もしよければご覧くださいというものだった。この映画はウルフの原作ではないが、ウルフが参加していたブルームズベリーというグループの中の二人を描いていること。キャリントンとは、画家ドーラ・キャリントン。もうひとりはリットン・ストレイチーというこのグループの中心的存在だった歴史伝記作家のことという。ウルフの姉、ヴァネッサもでてくるようだと付け加えられていた。

チケットには、紫がかった薄いピンクの空。岬に立つ二人。女性は短くそろえた髪、スモックにニッカーポッカー姿でキャンバスに向かっている。右手にパレットを持っている。男性はその少し後方に。視線の先ははっきりとしない。白くつばが広い深めの帽子に眼鏡、長い髭を蓄えている。ラフな上着にズボン姿。

「キャリントン…」

私は小さく呟いた。初めての名前だった。とまどいながらも小林さんに電話をし、久々に会うことになった。

どんなときもスラックスにスニーカーだった小林さんは、スーツをきちんと着ていて、それだけでもずいぶん変わって見えた。それを言うと彼女は、会社がうるさく言うようになっただけだと素っ気無かったが、しぐさや言葉遣いにも落ち着いた雰囲気があり、時間の流れは、自分以外に視線を移さなければわからないものだと教えられた。

三島さんのその後は彼女も知らないという。元々総務は私たちが出入りをする宣伝や企画などとは違う。この手紙にも本部の封筒が使用されていた。個人情報が喧しく、正面きっての問い合わせでは教えてもらえない。どのくらい会社を休んでいるのだろうか。とにかく、小林さんが企画部の人を通して調べてくれることになった。私は映画を見終わってから、お礼と感想とお見舞いにいちど三島さんを訪ねることにした。

別れ際になって小林さんは昇進したことを告げ、また、いっしょにやろうといってくれた。会社からの依頼も少なくなり、情熱のようなものを失いかけていた時で、真剣に転職を考えてもいた。再び小林さんと仕事ができるなど思いもよらなかった。これも三島さんが手紙を送ってくれたおかげだと、そのことも彼女に伝えたかった。

一九一五年イギリス。第一次世界大戦の最中、十九世紀のヴィクトリア王朝の気風を批判し、自由で新しい芸術のスタイルを求めようとしているグループがあった。主にケンブリッジ大学の出身者でつくるそのグループの名は、ブルームズベリー・グループ。伝記作家リットン・ストレイチー（1880–1932）は、その中心的存在だった。ストレイチーは同グループ、ヴァージニア・ウルフの姉ヴァネッサのいる屋敷でひとりの女性と出会う。画家ドーラ・キャリントン（1893-1932）。

最初、ストレイチーはキャリントンを少年と間違え声をかけてしまう。彼は同性愛者であり、またそのことを公表していた。二人は語り合い互いを知り惹かれ合う。キャリントンは、ストレイチーが徴兵審査委員会でした徴兵忌避の演説を聴くにいたって彼を深く愛していることを確信し、一緒に住むことを決心する。二人は共同生活を始めるが、もちろん性的な関係はない。キャリントンは、彼を愛しているという自分の気持ちに、素直に生きようとする。ストレイチーが恋焦がれる男性を引き止めるため、キャリントンはその男性と結婚をする。今度は、三人の共同生活が始まる。キャリントンは絵を描く。そして、何人かの男性と関係を持つ。彼女は精神と肉体を切り離すことを自身に強いる。周囲の人間関係にことが起こっても、キャリントンとストレイチーの間は揺るがない。一九二〇年第一次世界大戦後、ストレイチーは著書『ヴィクトリア朝名史伝』を発表、一躍地位と名声を手に入れる。やがてストレイチーは病に伏す。彼女は誰も寄せつけず献身的に看病をする。彼は最期に、彼女に求婚できなかったこと、心身ともに愛せなかったことを悔やんでいると告げ涙を流す。二人は深い愛を確認しあい、その後、彼は息をひきとる。ストレイチーを見送ったキャリントンは、二人で暮らした家中に絵を描き、描き終えると静かに椅子に座り、猟銃の引き金を足指でひいた。

――パーティーの終わった夜、それぞれの部屋に戻った人々の姿が屋敷の窓辺にみえる。ストレイチーもストレイチーの恋人も、キャリントンの夫も夫の恋人も……。庭からキャリントンはひとりで見つめている。それぞれの窓を。それぞれの人たちを。じっと見つめる彼女――

上映が終了し場内が明かるくなっても、すぐには席を立てないでいた。キャリントンの生き方に、愛し方に衝撃を受けていた。圧倒されていた。

小林さんから電話があり三島さんの様子がわかったが、それは奇妙なものだった。三島さんはある日、身なりを構うことなく出社した。何かしら事情が（たとえば病的なこと体調のことなど）あるものと誰もが思い何も言わなかった。次に服装が変わらないことに女性社員が気づき始めた。次第に汚れていくのがわかったが、彼女は着替えることをしなかった。油気のない白髪を整えずにやってくるに至って、さすがに総務という職場柄上司が訊ねた。言いにくいことなら精神的な悩みも含め社内の診療所で相談して欲しいと付け加え、また、休暇が必要ならその用意もするというと、しばらくして彼女は、普段の静かな口調で資料課への転属を希望した。

この会社での資料課は、体調を崩したり、また、何かしらのトラブルがあった者たちが配属されるところで、行く者ができてはじめて明かりが灯るというものだった。創業以来、この課を希望した者は三島さんがはじめてだという。

彼女の決意は固く、他に詳しいことを言わないので彼女のこれまでの貢献も加味され、ほどなく異動の辞令が出た。三島さんは一日薄暗い資料課で、パソコンを相手に社史の整理などをしながら過ごした。課に電話はあったが、どこからも掛かってくることはなかった。当初社内は、彼女の変身ぶりに憶測やら中傷などで盛り上がったが、彼女が朝、誰よりも早く出社し、夕刻、いち早く退社したので出会う者もほとんどなくなり、また、仕事上の接触もなくなったのですぐに彼女のことは忘れ去られた。彼女は不在の人となった。

風邪をこじらせ体調を崩し長期の病欠扱いとなっているらしい。資料課は再び明かりが消えた。彼女は住んでいたマンションからも引っ越していた。私は教えられた住所に映画の礼と見舞いに行きたい旨を書き送ったが、返事はなかった。

普通電車しか止まらない小さな駅を出て、線路沿いにだらだらと坂を下るように歩く。通過する電車がスピードを下げずに頭上近くを走り去るそのたびに、顔に纏わりついた髪を私は手で振り払った。住所に書かれたアパートはすぐに見つかった。いつ雨が降ったのか思い出せないが、水溜りがそこここにある敷地に、古い二階建ての木造アパートが二棟並んでいた。一棟に上下六室ぐらいだろうか。三島さんは、いちばん西の端、一階の奥の部屋のはずだった。

確かめながらゆっくり進むと、名刺大の白い紙にボールペンで「三島」とだけ消えそうな薄さと細さで書かれ貼ってあった。紙の下半分は陽に焼けていてこまかくささくれたように捲れている。

ドアを叩きしばらく待ったが応答がなく、再びドアに触れた。しかし、やはり人の気配がせず、諦めて帰ろうと振り向いた時、そこにひとりの初老の、三島さんの面影がのこる女性が立っていた。

毛糸玉が目立つ黒のセーターに、くるぶしまである黒のスカート。ゴムの伸びた短い靴下に黒の布靴。手にさげた巾着。私は一瞬、挨拶の言葉を探した。彼女は私の横を通り、ドアの前で巾着の口を広げ中に手を入れている。鍵を出すのだろう。私はなぜか焦った。たぶん、彼女と会って一瞬でも言葉が出なかったからで、それを恥じているからだった。私は早口に言った。

「三島さんお久しぶりです。お手紙と映画のチケットありがとうございました。手紙で書きましたようにいちどお会いしたいと思いまして。話したいことたくさんあるんです。あっ、その、近くに仕事で来る用事がありまして」それは嘘だった。どうしてこんなことを言うのかと心の中で思っている自分がいた。三島さんが私に気がついていない振りをしているからなのだった。このまま三島さんが知らぬ振りをして、ドアを閉めてしまいそうな、閉められれば二度と開かないような、そんな気がしたのだ。私は喋り続けた。不安を払うように。

「キャリントンは、とてもよかったです。本当になんて言ったらいいのか。衝撃的でした。生き方そのものが……。実は……」

鍵が見つかったのか、小さな鈴の音がして三島さんはドアを開けた。彼女の肩越しに部屋の中が見えた。

小さな板の間の向こうに畳の部屋があり、正面の窓が開いていた。薄い布団が敷かれている。白いシーツが捩れていて、夏用の掛布団とタオルが放り投げたように置かれていた。生ごみからだろうか、すっぱい臭いが鼻を突いた。三島さんに何があったのだろう。私は胸が締めつけられた。そのとき、三島さんは私に背中を見せたまま、細く小さくはあったがはっきりした口調で、「お帰りください」と言った。確かにあの当時、仕事をしていた三島さんの声だった。と同時にドアがパタリと閉まった。そしてすぐに内鍵の掛かる軽い音がした。

室内を見ていて油断をした。呼んでも応えてもらえそうにない。あれこれ見たことを恥じた。私は無言のまま持ってきたプリンの包みをドアのノブに下げ、小さな水溜りを避けながらアパートを去った。

電車は、私の頭や顔あたりに生温い突風を吹き付けて去っていく。来たときと同じように髪は顔に纏わりついたが、振り払う元気もなかった。きょうのことをどう受け止めてよいのかわからなかった。体調……、そう、キャリントンよりも体調を先に訊ねるべきだった。なんてことだろう。動揺していたとはいえ、小林さんからはあらかじめ様子は聞いていたのだ。言葉を失うとは。室内を覗くなどもってのほかだ。後悔ばかりだ。三島さんのことは、苦く重く深く私の中に沈んだ。

広く大きな待合室の南側は、床から天井まで全面ガラス窓になっていて、いまはそこに雨が叩きつけられ、流れ、すべてが歪んで見える。風も強くなっているのか、無音のまま木々が揺れ竹がしなり窓に葉が貼り付いている。

大きく深いソファが、ガラスのテーブルを挟んでいくつも並んでいる。百人は収容できそうだとぼんやり室内を見回してつまらないことを考えていた。暗い午後だった。私と小林さんは、きょう初めて会った弁護士と三人で、入れ代わりやってくるひと塊りの黒い小集団に話し声をかき消されながら、片隅に座って三島さんが骨になるのを待っていた。

弁護士は、大柄な中年の男性だったが、とても愛想がよく腰も低くて、街中の商店主のようだった。いまも三人分のお茶をもってきてくれた。私と小林さんは同時に頭を下げ湯のみを手にした。二人とも疲れていた。事態がまだよく理解できなかった。

私は小林さんから、三島さんがアパートの部屋で吐いたものを気管に詰まらせて亡くなったこと、（いや、亡くなっていたというのが正しい。三島さんは息を引きとってから五日ほど経っていた。弁護士が、連絡がとれないのでアパートにやってきて発見をした）解剖され事件性がないことがわかり、きょう、荼毘にふされるという連絡をもらったのだ。

彼女はかなり衰弱していて栄養失調の状態でもあったという。知らせを受けた時から、黒い服装の痩せた三島さんの姿がなんども目の前に浮かんでいた。ドアを後ろ手でパタンと閉めて、その姿は本当に消えてしまった。肩越しに、心ならずも覗いた室内のあの薄い布団、捩じれたシーツ、あそこに横たわって息を引きとったのか。

　会社の人たちがいないのは、すでに彼女は退職していたのだという。弁護士は、三島さんとは長年の友人付き合いでもあったそうで、彼女がある若者、芸術家に援助を続けていたことを話した。とっさに小林さんは、それは……と、あの仕事の時の男の名を言った。

「そうです。仕事で知り合われたそうで、多少のお付き合いがあったようですが、すぐに別れ、その後三島さんは援助だけは続けられました。一切、名は明かさないようにといわれ代行していたのですが。彼はわかっていましたけれど知らぬ振りでしたね。そのほうがまあ、彼は楽ですしね。三島さん、生活もかなり切り詰めてすべてを彼に渡していました。最初のうち、なんどかこれでいいのかと訊ねたこともあります。これは友人として」

「どう言われました?」

「静かに、ただ笑っているだけで何もおっしゃいませんでした」

「三島さんが亡くなられたことは、知らせましたか」

「ええ、もちろん。援助の件、わかっていたんだろうし、亡くなられたんですから」

「それで？」

「そう、とだけ」

参考資料「ダロウェイ夫人」（近藤いね子訳・みすず書房）
「キャリントン」（株式会社シネマ・ドゥ・シネマ）

# 憶えていること

二十代の終わり頃、ひとつの仕事では生活していけず、日中ひとつと夜ひとつ、いわゆる掛け持ちをしていたことがある。

日中は生コンクリート工場の事務員で、朝八時三十分から夕方四時まで。工場の入り口近くにあるプレハブ建物の二階で、電話番や受付などをしていた。求人募集は、駅前スーパーの掲示板に貼りだしてあった。

事務所にはひとり年老いた男性がいて、八田さんといったが、その人が総務や経理もやっていた。私はその補佐だった。この男性は社長ではない。社長の机はあるにはあったが、滅多に姿をみせなかった。面接の時も八田さんだけで即決だった。「社長から任されています。いずれ会えると思います」と言われた。

一週間後だったか、年配のおじさんがやってきて、業者の人だと思ったらその人が社長だった。社長は八田さんに敬語で話した。八田さんは六十代後半か七十代前半ぐらいにみえたが、二十代の私の印象なので、もっと若かったかも知れない。頭髪もなく痩せていて、いつも気難しい表情をしているので話しかけにくかった。朝と退社時の挨拶はするが、仕事以外での会話はなかった。話していて笑った、など記憶にない。しかし、一日に何十台分もの生コンの発注や手配の事務をひとりでこなし、いちども間違いなどなく、総務、経理、労務管理なども滞りなかった。事務所に出入りする工場長も、それはわかっているようだった。肩書きのない八田さんに、みな丁寧な言葉をつかった。

汚れてくもった窓の外からは、生コンをミキサー車に移す轟音が響く。大型車の出入りのときは、プレハブ全体がこまかく振動した。砂とセメント置き場からは、風が吹くと薄い煙が舞い上がった。映画の西部劇でみる、砂漠の中にいるようだった。雨が降っても降らなくても敷地内はぬかるんでいるので、晴れていてもゴム長靴を履くのがいちばんだった。

雨の日は、ぬかるむというより泥の小川を歩いているようで、最悪だった。女性事務員が長続きしないのは、この環境と八田さんのとっつきにくさにあるようだったが、それを除けば仕事はきつくなく、朝は早いが午後三時ごろにはたいてい仕事は終わり、八田さんは夕刊を読み、私は湯飲み茶碗を洗ったり、たまに掛かってくる電話を受けたりしながらのんびり過ごせた。こういう仕事は、朝は早いが終わるのもとても早かった。もちろん残業などなかった。朝礼や会議の類、忘年会や新年会、歓送迎会などというのもまったくなく、この工場にどれだけの人が働いているのかも知らなかった。出入り業者、請負の人などまったく区別などできなかったし、知る必要もなかった。つまり、気は楽だった。それで、夕方からもうひとつ仕事をもつことができた。

八田さんは、古いオートバイで通勤していた。五分ほど走ると聞いたが、この工場は峠にあり、近くには清掃工場焼却施設と産廃場、土砂卸売り場などがあるのみだった。八田さんの家はどのあたりだったのだろう。

私は一時間に一本という定期バスで、最寄り駅から三十分くらいかけて通った。工場前にバス停があり、川知峠といった。駅から山道に入ると小尾谷とか中尾谷、馬廻りなどという停留所名が並ぶ。

四時ちょうどにバスが来るので、それに乗ることにさせてもらう。いったん駅裏のアパートに帰り、ゴム長などを履き替え、五時からは商店街にある喫茶店に勤めていた。せまい店内にはカウンターだけで、イスも十脚ほど。いちばん奥に畳二畳分ほどのスペースがあった。ただそれだけの店だった。音楽もかからず、酒も出すが、客の相手をする必要はなかった。昼間も同じスタイルで、コーヒーや軽食をだして営業していた。

ここの主人は、広木剛さんといって六十歳をすぎていた。役所を定年退職し、この店を開いたという。私が面接に行ったのは開店から一年ほど経ったころだった。昼間は奥さんがいたが、夜もだと疲れるということだった。

「夕刻、店員募集」

間口の狭いガラス格子のドアに、その貼り紙があるのを私は見逃さなかった。いつも工場からの帰り、商店街を歩きながらそういう募集チラシを探していたのと、この店はなぜか気になっていた。ドア横の白い壁のところに横長の木製プレートが吊ってあって、カタカナで『シャルロッタ』とあった。どこの国の言葉でどんな意味なのか、まったくわからなかったが、なんとなく響きがよかった。

面接には、夫妻そろって会った。広木さんは、背丈はそれほどでもないが、でっぷりと太っていて度の強い鼈甲色の縁の眼鏡をかけていた。低音のとてもよい大きな声で、マスターというよりは学校の先生という印象だった。妻の久美子さんは明るく華やかな人で、黙っているだけでも甘い花の香りが漂ってくるような人だった。時折、たいへん高い声で笑った。

このとき、私は正直に昼間の勤め先と退社時間を言った。夫妻が顔を見合わせ採用が決まった。以前にも飲食店に勤めたことがあったので、ここでの仕事内容はすぐに理解できた。拍子抜けするほどに問題はなかった。夕刻から来る客も、コーヒーを注文するなどさまざまだった。酒を飲んで酔っ払い、長居をするという客もいなかった。ただ、出前があった。商店街の人たちで、しかし、それもさして忙しいということもなく、身体は楽だった。閉店は午後十時で、広木さんは客がいなくても明かりをつけていたが、九時過ぎになって客が途切れると、

「木村さん、帰っていいよ」と言った。

「お先に失礼します」

「ごくろうさん。明日もお願いします」

その声は、今も耳に残っている。

手が空くと、カウンターを磨いたりイスを丁寧に拭いたり調味料入れやポットを拭いた。ランチ用にスプーンやフォークなどを紙ナプキンに包んだりもする。

「そんなに動かなくても。疲れるから。君は明日も早いから」広木さんはいつもそう言ったが、この店の開店時間は午前七時だった。

ここには、広木さんの知人友人がやってきた。役所では福祉関係の仕事だったそうで、施設の職員の人やボランティアの人たちも立ち寄る。また、会合もあった。そういうときは貸切りとなった。いくつかある貸切りのなかに、月に一度、第三木曜日だったか、夜、メンバーが自作の詩を持ち寄って発表するというグループがあった。全員で何名なのかは知らないが、常時十人前後の男女が集まっていた。折りたたみのイスを出すときもあったが、少ないときは世話人とほか二名などというときもあった。この世話人が瀬戸さんといって、広木さんの大学、役所を通しての後輩ということだった。瀬戸さんは陽に焼けてはいたが、黒縁の眼鏡で痩せていて長髪。文学青年と言った印象だった。服装などまったく気にかけることがない。それは広木さんもそうだったが、カッターシャツにズボン姿、そのズボンのほうは滅多に変わることなどなかった。瀬戸さんはまだ役所勤めだった。

この詩の朗読会は午後七時から九時までで、それぞれの作品を奥のスペースに立って発表するというスタイルだった。みんなはカウンターのイスに座って聴いた。私はここで初めて詩というものを聴いた。もちろん、教科書以外で読んだこともなかったのだが。

瀬戸さんの声は心地よかった。広木さんよりは少し高く、聴いている者に迫ってきた。なんだかこちらの息ができなくなる、店の外にも響き渡るような声だった。広木さんをはじめ、人を魅了する声があるのだとこのとき知った。詩の内容はよくわからなかった。詩をどのようにわかればよいのかも。あるとき訊ねてみた。すると、広木さんは大きな声で大きなお腹を揺らし笑った。

「木村さん、正直だ。その気持ちのまま聴いていたらいい。きっと、いいなあと思う言葉に出くわすから」

みんながみんなうまい人ばかりではなかった。小木清子という人がいた。すべてが小柄なのに瞳だけが大きく、どこか小型の西洋犬を思い出させた。常に不安そうで、か細く早口で喋るのだが、朗読も同じだった。声が震え聴き取りにくかった。彼女の詩は、自身のこまやかな心の動きに、自然の風や雨や植物を重ねたものが大半だったが、なぜか彼女と詩がひとつになってみえとても不思議だった。彼女は朗読の前、店のドアを開けたときから不安で泣きそうになっているのだが、終わった直後の晴れ晴れというか解放感というのか、安堵の表情は、私から見ても可愛かった。彼女は朗読の後は残らず帰って行った。メンバーの誰かが「小木ちゃんは？」と訊ねると、決まって瀬戸さんが「夫ある身の不自由さよ」と答えた。しかし、みていて生活感などまるでなかった。それでもたまに彼女が残ると、不思議な魅力で、瀬戸さんたちも楽しんでいるようだった。

全員の朗読が済むと、カウンターに座って参加者が飲み物を口にしながら作品の感想を言い合って、それぞれ引き上げていくというような会だった。

最後に残るのが瀬戸さんで、広木さんと少し話をして帰った。広木さんはどの人ともまったく同じ態度というか、同じ調子で、口調も変わらず話をしていた。

「あの詩はいいな」と、ぽつりと言うこともある。誰かが質問しても、「まあそれでいい」という返事が多かった。断固こうであるとか違うとか断定的な言葉は聞いたことがなかった。瀬戸さんとの昔話でも「そんなことあったかなあ」というのが決まり文句だった。仕事中はアルコールは口にしなかったが、この朗読会の最後はみんなと一緒に飲んでいた。なんども大きな声で大きなお腹を揺らしていた。

「広木さんは朗読しないのですか」

「うん、詩は書けない」

「どうしてですか」

会のメンバーは、広木さんの発言を心待ちにし、また、神妙な面持ちで聞く。

「まあ、詩が書ける人間は、生まれながらにして詩を書くことができる、ということだ」

「難しいんですね。私は広木さんの声で詩を聴いてみたかったです」

広木さんはまたしても笑った。

「広木さんのロシア民謡うまいぞ」

瀬戸さんが言った。

「ロシア民謡ですか」

「歌うには飲み足らない。またの機会に」

この朗読会のときは十時をまわることもあったが、苦にはならなかった。毎日、一DKのアパートで寝起きし、朝八時前に出かけ、夜十時前後に帰宅する。食べていくのが精一杯でほかに何も楽しみはなかった。朗読会のひとたちは、食べることとはまったく無縁のところで、真剣になったり笑ったりできる。そんな世界があることをはじめて知った。自分の中の何かが広くなり、いままでみていた景色も少し違って見えるような気がする。ただ、自分も詩を書こう、朗読をしようというところにはとても結びつかなかった。


蒸し暑い梅雨の最中だった。プレハブ二階の事務所にはエアコンが入っていて、非常に寒かった。外気との温度差も十度以上あったのではないか。ひとつは、事務所が狭いのに大型のエアコンが設置されていること、年代物らしく制御がきかなくなっていること、もうひとつ、八田さんが暑いのが苦手なことだった。

窓ガラスは、快晴の日でも曇りにしか見えないのだが、雨降りの日は土色のストライプ模様が入り、外の景色は見えなくなった。工場内にはミキサー車、砂利、砂運搬車などが泥の川を行き来し、二階にいることなど関係なく一日中泥のなかにいるようだった。出入りする業者や運転手たちからも、泥の匂いが漂う。工場の敷地に入るとすぐ、急な坂道が十メートルほど続いていて、雨と泥と撥ねと車両に気をつけなければならない。帰りの四時のバスは、こういう雨の日に限って遅れた。傘を差したまま工場前でじっと待つ。目の前は、枯れ気味の雑木が乱雑に広がり、所々にむき出しの土が赤黒く見えた。その谷むこうも同じように続いている。清掃工場があるらしいところに、白い煙突がけむって見えた。やっと来たバスも、駅前近くになると渋滞に巻き込まれ時間が過ぎていく。いちどアパートに帰りたい日に限って、帰る事ができなくなる。

商店街を泥のついたゴム長で早足に歩き、店の手前の細い路地に入り勝手口にまわる。合鍵はもらっていた。上半分がすりガラスになったアルミ枠のドアを開けると、三畳ぐらいの広さがあり、ビールケースやおしぼりケースやらモップにバケツなど雑多においてある。

レインスーツを脱ぎ、バスが遅れたとき用に置いている靴に履き替える。店のカウンター内に続くドアが半分開いていた。カウンターの様子、店の空気が伝わってくる。客がいるようだった。少し身を乗り出し覗くと、朗読会の女性三人だった。小木さんはいない。この三人がカウンターのイスに座らず立っていた。会にも三人が揃っていることなどなく、めずらしい。広木さんの姿は見えないが、彼女たちの視線の先なのだろうと推測できる。三人の表情はみな険しかった。楽しい会話でないようだ。私は身体を引っ込めた。

「どうするつもりなんですか」誰かが言った。

「彼女、途方に暮れていますよ」違う声がした。

「なんとか言ってもらわないと」

しばらく誰も何も言わない。冷蔵庫のモーターの音、エアコンの運転音、たぶんその音だ。店内に音楽はない。

「好きだから。ほかはなにもない」

広木さんが言った。

「これから先のことですよ」

「先って？」

「考えていないの？」

「君たちに言う必要はないよ」

「彼女、追い詰められていますよ。ご両親からも言われているようで、ご存知でしょう」

出勤時間になったが、出るに出られなくなった。しばらくじっとしているしかない。誰も何も話さなかった。広木さんが大きなため息をついた。これ以上は何も話さないという意思表示のようにも受け取れた。吐く息にも人の気持ちが現れる。

広木さんが口にした、好きという言葉がとても意外だった。私の知っている広木さんは、恋愛などとはとても結びつかない。第一、久美子さんは知っているのか。彼女とはあまり会うこともなかったが、昼間の彼女の存在を十分感じて仕事を引き継いでいた。

小木さんしかいなかった。彼女は不思議な魅力を放っていたが、もし、そんなことがあっても、それは広木さん以外の人、そう、瀬戸さんとか。

どれほど時間が経ったか、三人は無言で帰って行った。この店を無言で出るひとたちがいるのをはじめて見た。

すぐに入るのも躊躇われ、五十までゆっくり数を数えてから店に入った。バスが来なかったこと、連絡できなかったことを詫びた。広木さんは普段とまったく変わらぬ様子で、

「構わないよ。あの路線はよく遅れるから。それにこのとおりだし」と店内に客がいないことを示した。私はまず、カウンターから拭き掃除にかかった。

それからは、広木さんに対する態度が少し変化していたかも知れない。店にいる間広木さんの様子というか、言動に注意するようになった。しかし、当然といえば当然だが、広木さんに不審な言動はなく、不審な電話も掛からず、掛ける事もなく、行き先を告げずに出かける、ふいと姿がみえなくなることもなかった。いままでとまったくいっしょだった。

あれは夢だったのか。聞き間違っていたのか。ラジオか。ラジオはあるにはあったが、電源が入っていることなどかつていちどもなく、もちろんテレビもなく、ここは音楽もない。しかし、三人はいた。確かに。そして、詩の朗読会も変わらず開催されていて、小木さんもやってきた。いつもの通りの不安な表情で自作を披露し、三人の女性は揃ってはこなかったが、たいていひとりは顔をみせた。そういうとき、広木さんも含めて全員いままでどおりで、会の最後までお喋りをし、帰っていった。それがいちばん腑に落ちなかった。

小木さんを見かけなくなったのは、それからかなりたってからで、瀬戸さんに訊ねると、ご主人の転勤でニューヨークへ移ったという返事だった。この間に、彼女と広木さんにどんなことがあってどんな話になったのか、まったく知らない。誰もみな変わらなかった。

その後、私は幼なじみと結婚をし、つとめを辞めた。広木さん、久美子さんからも祝福してもらった。そう、久美子さんもまったく変わらなかった。

家族が増え、生活に追われ、詩などまったく無縁の二十数年が流れた。

ある日、家近くのバス停で瀬戸さんと出会った。この町に娘さんがいて、同居することになったという。瀬戸さんは確かに年老いてはいたが、変わらない姿で目の前に現れたときは、本当に懐かしく嬉しかった。広木さんも久美子さんも元気で、店は若い人に任せてはいるが、時々は顔を出しているとのことだった。詩の朗読会も続いているという。その折、瀬戸さんから朗読会に誘われたが、とても参加する勇気はなかった。ただ、そういわれると、静かな店内に響く声と、言葉の確かな力が思い出された。

「番地を言っていたので、地域の電話帳で探してみたんだ」

瀬戸さんからの電話で、広木さんの死を知らされた。

通夜が開かれるという会場へ私は急いだ。その途中、あの頃のことが目の前にはっきりと現れた。広木さんは、大きなお腹を揺らせて笑っている。久美子さんも高い華やいだ声だ。私はたぶん、笑っても心からの笑顔ではなかっただろう。食べるためだけに働いていた毎日。晴れていてもゴム長を履かなければならないような生コン工場。寡黙な八田さんと二人だけの七時間半。心の余裕などない素顔の私を、広木さんにはさらしていただろう。

会場に着くと、久美子さんはすぐにわかった。彼女はすこし前かがみになってはいたが、変わらず、広木さんの悲しみの前でも、どこか華やかな雰囲気を漂わせていた。

広木さんは癌ではあったが、闘病生活は驚くほど短かった。痛みもなく、それがとても不思議だと久美子さんは自分に言い聞かせるように言い、仕方なさそうに薄く笑った。話していると瀬戸さんたちがやってきた。瀬戸さんの周りにいる人たちは、確かにあのとき朗読会に来ている人たちだった。二十数年、当時五十代の人は、七十代になっている。痩せた人、皺だらけの人ではあったが、あのときの人たちだった。ふと気づくと、小柄な老女がステッキに体重をかけて立っていた。額にかかる黒いレースの帽子、膝丈の光沢のある黒いワンピース。小木さんではないか。全身に皺がよっているという様子だ。ここが唇であるしるしのように、オレンジ色の口紅が艶やかに塗ってある。彼女は、ステッキをつきながらゆっくりと祭壇まで歩き、しばらく立っていた。祭壇には広木さんが、普段着のカッターシャツでにっこり笑っている。昔と同じ鼈甲色の縁の眼鏡だった。

小木さんは、久美子さんに挨拶をせず席に着いた。読経の間、私は彼女の小さな背中を見つめ、広木さんの笑顔を見つめ、久美子さんのうつむき加減の片頰あたりをみつめていた。

同じ会場で会食があり、私は小木さんと向かい合った。彼女は私をまったく思い出せないのか、目を合わそうとはしなかった。瀬戸さんたちといっしょに来たようだったが、彼らとも話をしない。

黒塗りの器の弁当が出され、酒とビールがつがれた。広木さんの思い出話でみなが酔った。久美子さんも聞きなれた甲高い声で笑う。

明日の告別式には、広木さんが好きだったチェーホフの『かもめ』の一節を朗読するという。

瀬戸さんが、すっと立ち上がった。


——若いころ、わたしは文学者になりたかった—だがなれなかった。弁舌さわやかになりたかった—ところが、うとましい話ぶりでね、(自嘲的に)「まあそういったわけで、そのう、どうもね……」、そして、要点を述べよう、述べようとして、大汗かいたものだった。女房を持ちたかったが、持たなかった。たえず都会に住みたい気もちを持ちながら—こうして田舎で一生を終わろうとしている——　(『かもめ』第四幕ソーリンのせりふ。『文庫版チ

ェーホフ全集』全十二巻・松下裕訳・一九九三年・筑摩書房）

そのとき、咀嚼する音が響いた。口が少し開いているのか、入れ歯のおさまりが悪いのか、食べ物と舌と唾液がぶつかり混ざる音でもあった。箸の先が器に当たるこまかい音もする。

テーブルを挟んだ前の席で、小木さんは左手で器をしっかりもち、前のめりになって食べていた。

なにも聞こえていない、誰も見えていない、そんな食べ方だった。彼女の口もとの音だけが、静かな部屋に響く。

# 夢の人びと

扉が左右に開いた時、海からの突風で木村より子の身体は少し押し戻された。

「うっ」思わず声がこぼれると同時に、彼女の竦めた肩から二の腕にかけて素肌が二、三度震えた。

月が変わると急に空気が入れ替わってしまった。空の色、海の色、そして、風の向き。もう、ノースリーブのワンピースではいられないことをより子は思い知らされた。素足にサンダルもそうだ。この町に来たのは初夏だった。一枚きりのワンピースは、夜、洗濯をし、朝、着ることにしていた。彼女は、季節が変わることなど考えてもいなかった。なにか、そう、まずは着るものを買わなければならない。バスに一時間も乗れば、大きなスーパーや商店街が駅前にある。より子は、買い物に行く前に絹代に相談してみようと思い、すぐにたか子にと思い直した。

肩までの髪が彼女の頬や口、目蓋を撫ぜるが、両手に荷物を下げているので直すこともできない。時々無駄だとわかっていて、頭を前後左右に振ってみる。組合スーパーの駐車場を出ると、風を避けるため道路を横切り防波堤の側を歩いた。

着るものなど買わずに家に帰ろうか。ふと、彼女はこの風に押されるように思った。絹代は、まったく何のこだわりもなく実の娘のようにさえ接してくれているが、ある日突然、甥（それも乳児の時しか知らない）が連れて来た、見知らぬ、それも甥よりかなり年上の女と、彼が姿を消した今もいっしょに暮らしているのだ。家賃はもちろん、生活費も払っていない居候だ。絹代はどんな思いでいるのだろうと、このとき初めて考えた。

クラクションが鳴っているのに気づいて向かいの車線に視線を移すと、江口たか子が運転席から顔を出していた。

「より子さん、ぼんやりはここでも危ないわよ。たまに車も通るからね。店に帰るなら乗って行きなさい」言われて車に乗ると、無風ということはこういうことだったのかと暖かく、彼女はほっとした。足もとと膝の上に袋を置く。この町の人たちは歩かない。一分の距離でも歩かない。そういう習慣なのだということを、この三カ月で知った。より子はそっとたか子の方を見た。

たか子の横顔は、細く尖っている。たぶん、顎のせいだ。頬がこけているが、それもこれも十代から変わらないらしい。体重はもちろん、体型も長い髪を後ろでひとつにした髪型も同じだという。化粧は薄く口紅をひいているぐらいだ。絹代のように、ぽっちゃりした柔らかい優しい感じはしない。たか子は、漁業組合の会計課に勤めている。定年は過ぎているが、嘱託として続けている。物静かで無口だ。あまり笑わないが、冷たくもない。どこかの大学を出ているそうだが、そんなことは誰もがすぐに忘れてしまうような土地柄だから、本人も忘れてしまっているように見える。独身で、絹代の店にも一人でやってくる。

「あなた、店の買い物もしているの」呆れたようにたか子は言った。より子が曖昧に頷くと、彼女はくすっと苦く笑った。

半島の海岸線は、細かくくねくねと続いている。その窪みごとに小さな漁港がある。道路のすぐ側まで山が迫っていて、山と海の間、正確に言うと、道路と山の狭い空間にかろうじて土地を確保して人が暮らしている、そんな感じだ。雨や雪、風や高波でも道路は寸断されるが、十年前にトンネルが完成して以来、寸断の回数は減ったらしい。ただ、このトンネルでは、以前に火災事故が起きて大勢の人が亡くなっている。そのためかどうか、半島一周の道路も完成したが、観光客はそう多くはない。夏場は近郊の者たちが短いシーズンとなる海水浴や、六月から八月までのウニを求めてやってくる程度だ。

五分も走らずスナック「岬」に着いた。歩道に立ててある青色の看板には、スナックと喫茶の文字の上に「氷」と染められた小さな旗がひらひらと風に舞っている。反対側には「定食」と書いた厚紙がくくり付けられている。つまりスナック「岬」は、この近くで一軒しかない飲食店なので、コーヒーもあればご飯もあれば魚も焼く。より子は、この店の二階に主の仲絹代と一緒に住んでいる。

彼女が車から降りて袋を地面に置きドアを閉めると、車は素っ気無く出て行った。風で飛ばされないように針金で留めている生ビールの立看板に、朝にはなかった海鳥の糞が飛び散っていた。鍵を開け入ると、彼女は腰をくねらせドアを閉めた。午後の二時から四時まで、絹代は昼寝をする。その間に、より子は買い物や掃除、洗濯をしている。店で出す料理は絹代がするが、少しずつより子も習っている。魚の下ろし方や開きもの、イカの塩辛もできるようになってきた。開いた魚やイカは、干しカゴに入れて裏口の軒下に吊る。電動回転式イカ干し器は、動かなくなって久しい。いまは、店の足拭きマットを干すのに使っている。風が吹くとカラカラと乾いた音を出す。

カウンター席にボックス席ひとつだけの細長い店内に、掃除機を掛ける。明かりは天井から細いコードが下がった白熱灯だけで、カウンターに三箇所、ボックス席のところにひとつ。タバコの脂で飴色に変色した乳白色の笠を被っている。おかげで床や壁の汚れも椅子の染みも、はっきりとわからない。

ウエストを締め付けない筒のような部屋着のままで、絹代が降りてきた。まだ覚めきらぬ表情で、その姿は疲れた漁師町の老婆そのものに見えた。たしかに彼女は、何年か前まで漁師の妻だったのだ。夫は、酔っ払って海に落ちて亡くなった。

何も言わず絹代は水を飲み、買い物の袋を見てそのまま二階へ上がった。

より子は、じゃが芋とイカの煮物をつくり、まとめてとっておいた出し昆布を小さく切って煮た。店中に醤油の煮詰まる匂いがする。ドアを少し開けビールケースで止めると、切れ切れの音といっしょに細い風が入ってきた。絹代は着替えて化粧もし、そうするとなんとなくカウンターの中が似合う人となる。準備中は白い割烹着をつけている。より子は、この割烹着に自分を育ててくれた祖母を思い出した。祖母のことも、祖母が白い割烹着で買い物に行っていたことなども、いつからかまったく忘れてしまっていた。

料理の仕上げは絹代がする。彼女は、鍋を両手でほっ、ほっ、と上下に小さくリズミカルに動かし汁気を飛ばしている。そのたびごとに、イカとじゃが芋の甘ったるい匂いが立った。絹代は、実にさまざまなメニューを考え、厚ぼったい手から手品のように一品をこしらえる。より子が珍しがると、絹代は漁師料理だよと取り合わない。こんなことは当たり前だと言わんばかりに、てきぱきすすめていく。開店時間などないので、準備ができれば後はすることがない。より子は消音にしたテレビを見ながら、有線から流れる演歌をぼんやり聴いていた。

テレビでは、最近よく見かけるようになった超能力者の男が出ている。占い師ではないらしい。黒スーツに黒いサングラスで、カッターシャツもネクタイも黒色だ。唇が薄くて、時折笑顔とともに見せる歯がとてもきれいだ。鳩胸なのか妙に姿勢がいい。一般の人となにかするらしい。五人ほどが折りたたみの椅子に座っている。側にいる司会者は、興奮しているのか早口で喋り続けている。何が始まるのだろう。より子はテレビを凝視した。画面の字幕では、『今夜、奇跡が奇跡でなくなる！』とあるだけで内容がわからない。スタジオの照明が落とされたので、いよいよ始まるのかも知れない。より子は興奮を共有しようと絹代を見た。

絹代は、有線から流れる演歌を遅れ気味に口ずさみながら、二階から持ってきたらしい黒いカーディガンの毛玉をとっていた。老眼鏡を掛けていないのでやりにくそうだ。より子は、声を掛けず再びテレビをみた。赤い車がイタリアかどこか外国の石畳を疾走していた。彼らがどこかに行ったのかと一瞬混乱したが、コマーシャルだった。落胆して絹代の手もとと彼女の表情を眺める。なんども腕をのばしカーディガンを離してみたり近づけたり、そのたびに口の端が大きく右上がりになったり左上がりになったりする。そして、毛玉をむしりとる。荒れた指の爪は、黄みを帯び分厚い。

木村より子は、二朗の視線を思い出す。

たった半年ほど前なのだが、もう、ずいぶん昔のような気がしてしまう。あの日は残業があって同僚と食事をし、別れてひとり帰るところだった。遅くなって終電に間に合うかどうかだったので、いつもは通らない風俗店が並ぶ路地を抜けようと思った。

ピンクや派手なイルミネーション、本物と見間違うパネル写真、入り口に立っている長いコートを羽織った女や黒服の男たち。二百メートルほどだろうか、彼女はまっすぐ前だけを向いて足早に通り過ぎようとした。駅への近道は、途中右手に折れ自転車置場のようになっている狭い通路を抜けることだ。さっと曲がったまではよかったが、足を踏み入れた瞬間、彼女は立ち止まった。路に黒いかたまりがあり、動いたのだ。人が蹲っていた。細くて小さなかたまりだったので、子どもと間違えるところだったが、そのかたまりは、黒服を着ていた。しばらく無言で彼女は立っていた。声をかけるのは躊躇われた。このあたりで起こるどんなことにも係わりたくなかった。黒いかたまりは動き、顔をあげより子を見た。顔は恐ろしく蒼白く、より子の背後からのイルミネーションに照らされていた。闇のなかで、彼の顔だけが浮き上がっている。彼は怒りに満ちた瞳でより子を見つめた。ただ驚き、言葉もなく、どうすればいいのか彼女はわからなかった。無言のまま黒いかたまりはゆっくり立ち上がり、自転車のサドルに片手をついた。そして、薄っぺらな細長い空間をつくった。より子は、なにも言えず走った。もう、若くはなかったが、それでも怖かった。改札に入っても振り向かなかった。無事に最終に間に合ったのだから、あの出来事は一瞬だった。けれど、彼女のなかでは、ずいぶんゆっくりと物事が動いたような気がしている。彼の視線が心に焼きついた。

より子は、次の日の帰りもこの路地を通った。普段の退社時間帯は多くの勤め人が通り、以前より女性の数も増えていた。彼女たちは、周囲の店などまったく気にせず歩いていた。より子は戸惑いながらも、その流れに紛れ込んだ。曲がり角の手前の店に昨夜の男は立っていた。どうして彼とわかったのか、いまでもわからない。彼女は男を見た。そのとき、彼女は怖くもなんともなかった。彼の姿が、本当に少年のようにか細く、穏やかな気持ちになったのだ。彼もより子を見た。昨夜とよく似た、怒ったような眼差しだった。誰かが「ジロー」と呼んだ。彼は声のほうに身体を向けた。彼女はそのまま駅に向かって歩いた。休まず出勤しているのなら、昨夜のことはたいしたことではなかったんだろう。

一週間ほど通らなかったある日、昼食後に入った喫茶店に二朗はいた。所在無げに両肘をテーブルについていた。誰かを待っているようにもみえた。視線が合ったその時、勤め人には見えない、ローウエストのショートパンツにピンクのストッキング、厚底のサンダル、短いキャミソールに白いダウンを羽織った女が慌てて入ってきて、彼の前に勢いよく座った。より子は、彼らに背を向けて席についた。店を出るときにはもう、二人はいなかった。幾日か経った夜、店の前を通った折、二朗に声をかけられた。「あんた、あのビルに勤めてんの？」彼女は「ええ」と答えた。

店を辞め、伯母のいる岬に行って漁師になると二朗が言ったのは、それからまもなくだった。

二朗は絹代とは初対面に近かった。母親に抱かれているときに会ったきりだった。絹代は、二朗が妹にそっくりだと声を震わせた。二朗の母親は十五年前に亡くなっている。そのことを彼は絹代に伝えた。絹代は、いま、妹を失ったと静かに答えた。それから二カ月も経たないうちに、二朗は突然いなくなった。

より子は、絹代の手の動きを見ながら独り言のように、「今度の休みの日、駅前まで行って来ようかと思うんです。なんか着るもの買わないと」と言った。絹代はそう思ってこれ、とさっきから手にしていたカーディガンを顔の前に広げた。「あたしのでよければいいと思って、もう少しあるから」

「まあ、駅前まで行ってきます」より子はぼんやり答えた。「すぐに雪が降るよ、長靴や防寒着を買わんとね」絹代はテレビの画面にちらっと視線を走らせながら、感情を込めずに言う。

「いちど、家に帰ってこようかと思っているんです」

二朗はここで漁師になるつもりなどなかったのだ。ただ、言ってみただけのことだったのだ。いや、そうではなく、勤めているときは漁師になろうと思っていたのかもしれない。ただ、実際ここに来て目にすれば、無理だとわかったのかもしれない。このごろ、やっとそう思えてきた。彼はひとりでここまで来るのが心細く、そうかといって、あのパンツに臍出しルックの女の子では頼りなかったのだろう。ああ、思い込みだった。そう思うのが悔しいままで避けていたこともあるが、冷静にことを見つめると、自分だけが勘違いをして舞い上がっていたようでなんだか恥ずかしい。

より子が正直に話すと、絹代は涙を流さんばかりに大笑いし、「なんも、なんも。二朗はああいう男だからこんな狭い土地で暮らしていけない。漁師ができんのは、自分がいちばん知ってるさ。自分にできないことばかりしようとする男はいる。あの子はそういう男かも知れん。妹はそうじゃなかったけど。長く離れていたからどんな風になっていたか知らんからね。あんた、兄妹いるの？　くっついていての親兄妹だ。離れたらわかんなくなる。几帳面にものごと考えるんじゃないよ。あんたの好きにすればいい。あたしはあんたとは気が合いそうだし、居てくれて助かるけど。最初のきっかけなんてそんなに大事なもんじゃない。慣れればどこだって暮らせるよ。ここの冬だって、結構楽しいことあるんだ。まっ、無理に引き止めもしない」

絹代はそう言いながら、亡くなった夫、鉄次のことを思う。

仲鉄次は、親も兄も漁師の一家で育っていた。絹代も漁師の家の子で、兄妹のようにしてふたりは育った。絹代は鉄次のことならなんでも知っていた。江口たか子もそうだった。ただ、たか子の家は両親とも教員だった。絹代の家は父親が海で亡くなり、母親が組合の事務をしながら生計を立てた。妹は、中学を卒業すると街に出て就職をし、いつの間にか連絡がつかなくなってしまった。絹代は、商業高校を出て駅前のデパートに勤めたが、三年ほどで鉄次と結婚をした。鉄次は絹代の勤めるデパートによくやってきた。何を買うでもなく、彼女の休憩時間いっしょに屋上で過ごすだけで、車で帰っていった。職場ではいつも緊張して心細かった。気を遣わず話せる鉄次は嬉しかった。絹代は、仕事が終わるとバスで二時間余り掛けて家に戻り、朝になると、またバスに乗り勤めに行く。同僚たちと遊びに行ったり食事に行ったりもしなかった。家が貧しく母親が一人でいることもあったが、絹代も家に居るほうが気が楽だった。バスにして僅か二時間ではあったが、ずいぶん離れているように当時の彼女には感じられた。

絹代は鉄次に気持ちを打ち明けた。鉄次は、気が優しい分だけ決断力が希薄だった。積極的な絹代がそう言っても、二人の間では少しの違和感もなかった。鉄次は分家という形で家を建て、母親も呼んでくれ三人の生活が始まった。中古ではあったが漁船も購入した。

鉄次がデパートに来ていたのは、別の女性に会うためだった。しばらく付き合ったらしいが、その女性に交際を断られたため諦めたのだという。いっしょになってしばらくして、漁師仲間が酔って話をしていたのを絹代は耳にした。

自分のところに来ていたのは、彼女と会えなかったり、喧嘩をした時だったのだと初めてわかった。いつもとはまったく違う取り澄ました表情をしているとは思ったが、それは、慣れない街の空気に緊張しているものとばかり思っていた。また、口に出してそう言うと鉄次は困ったように笑って、こういうところは苦手でさあと言っていた。とんだ勘違いだった。けれど、幸せだった。大酒は飲んだが仕事を休んだことはなく、手を上げたことも、大声で怒鳴ったこともなかった。寝たきりになった母親を、なんども背負って車に乗せ、診療所まで走ってくれた。最後まで本当に親身になって看てくれた。それだけでも感謝しなければならない。だから、勘違いなんてたいしたことではないのだと、心の中で繰り返している。鉄次がこんなにはやく逝くとは考えたこともなかったし、まして、飲み屋をやるとは。結局、人生など予期せぬ出来事の連続で、その中に勘違いも思い違いもあるのだろう。そんなことたいしたことじゃあない。それよりも、鉄次と二人で家や漁船の借金を返していったこと、たった一人の、最初で最後の子どもが誕生日を前に亡くなり二人して泣き通したこと。あれは、あの子のようすを軽く見たためだった。それを鉄次は決して責めなかった。後悔で心と身体がどうにかなりそうななかで、鉄次は黙って傍らにいてくれた。口には出さなかったが、ありがたかった。そんなことが大事なような気がしている。

それに、もう、あの子も母親も妹も、鉄次もいないのだ。そう思うと彼女は、大きな息をひとつ吐いた。

寄り合いの帰りだと、江口たか子がやってきた。「なんだか寂しいわね」彼女は冷たく突き放すように言い、客のいない店内を見回した。まだまだ早いのよ、と絹代が嬉しそうに強がりを言う。どんなに暑い日でも、たか子は燗をして日本酒を飲む。絹代は、いそいそとイカの塩辛を出す。たか子の感想が聞きたいためだ。たか子が「うん、いける」と言う。絹代はにたりと笑う。後で少し持って帰れるよう、空容器を探す。絹代はいま、たか子に食事をつくることが、たか子がおいしいと言ってくれる事が楽しい。出来立てのじゃが芋とイカの煮物も出す。彼女は、ほかほかの芋をおいしそうに口に運んだ。

たか子は両親を看取り、いまはその家に一人で暮らしている。教員であった両親は、この土地の出身ではなかった。しかし、転任など希望せず、また、そういう打診があっても断り、この土地の者になりたいと願っていた。彼女は大学を卒業後、しばらく都会に出ていたが、戻ってきて組合に勤めだした。

たか子は、思い出したように隣の椅子に置いていた紙袋をより子に渡した。驚いたより子が中を覗くと、冬物のセーターやカーディガンだった。手にとると、ふわふわと柔らかくかなり上等のようでより子は再び驚いた。

「もう、派手で着られないの。貰ってくれると嬉しい。もう少しあるから、日曜日にでも家に来てよ。ついでに片づけ手伝ってくれるととても助かる」表情を変えず、たか子はそれだけ言うと、より子がどんなに洋服の話題を口にしても答えなかった。

より子が嬉しそうに胸に当てるのを見て、絹代は、あっ、これ知っている、秋祭りに着ていたじゃない、えぇっといつだっけ、などとはしゃいだ声で叫んでいる。

たか子は、両親の希望である教師にはならず、損保会社に勤めた。両親は何も言わなかったが、落胆しているのは伝わってきた。彼女は、人にものを教えたり何かを伝えたりすることはまったく苦手だった。実家に帰ると、絹代や鉄次が食事に誘ってくれた。いつもいっしょだった。二人のことはなんでも知っている。身体は大きく力持ちの鉄次の気の弱さを、絹代と二人でカバーした。帰るところがあることが、都会での心の支えだったような気がたか子はする。いくつか恋をし、うまくいかず、戻ってくると、鉄次にはなんでも話せた。よく、彼の船『希宝丸』に行き、働き続ける鉄次の背中に話したものだった。別に特別の回答が用意されているのでもなかった。最後には必ず、「いつでも戻ってこいよ」

と言うのがおかしかった。それが合図のように彼女は話を終えた。

鉄次は、たか子が打ち明けた話を絹代に言わなかったようだ。それは、絹代の様子でわかった。そのことがなにより嬉しかった。いちども言わないで欲しいと言ったことはなかったのだ。鉄次はかけがえのない人だった。帰って来たのも鉄次といっしょにいたかったからかも知れない。あのカーディガンは偶然、鉄次と街で出会い、いっしょに選んでくれたのだ。鉄次は、「たか子は淡い色が似合うなあ、絹代は赤とか黒とかはっきりしたのが似合うけれど」そう言ったのだ。忘れない。あの、短い時間、どんなに楽しかったか。

鉄次の骨を拾った後、たか子は『希宝丸』を見に行った。繋留され小さく揺れている漁船は、たった三日ほどでずいぶん活気がなくなっているように思えた。ここに鉄次はいた。全長九メートル、幅二メートル、三トン足らずの漁船だった。船を洗い、エンジンの調整をしていた。彼の城だった。船にいないときは網を繕っていた。大きな身体を丸めて手先の細かい仕事をやっていた。その背中に、たか子はいつも語りかけていた。なにかわからないが、重くて深い後悔が身体中を占めていた。悲しみではない、訳のわからない悔しさがひたひたと『希宝丸』の揺れといっしょに襲ってきた。

「より子ちゃん、家に帰ってこようかといってるんよ」絹代がたか子に言う。

「二朗ちゃん、どこへ行ったのか全然わかんないの？」

「別に探す気もないわよ。大人なんだ。ひと目見てこれは長続きしないって、あんたもそう思ったっしょっ」

「私たちの勘なんて、当たったためしがないじゃない」

「んでね、思い違いだったんだ」絹代が思い出したように吹き出し、たか子に小声で告げる。たか子は大きな声で笑った。彼女がこんな声をだすのもめずらしい、驚いてより子が二人を見る。二人は笑い続けている。

テレビ画面では、催眠術にかかったような様子で五、六人が輪になって椅子に座っている。その背後をぐるぐると黒づくめの男は歩いている。照明を落としたスタジオで、黒男のサングラスの縁だけがぴかぴかと光って、輪郭を浮き立たせている。座っている人たちが、手をつなぎだした。みんな一様に俯いている。

いつのまにか、絹代も飲んでいる。きょうはもう、客が来ないかもしれない。より子は大きなあくびをした。

「さっき、昼寝してたら、夢みたのよね、娘の町子のね」

「そう、何年になる?」

「四十年。でもあんときのまんまで、あたしが抱いてんの。目が覚めても重みがちゃんと手に残っていた。嬉しかった。本当に久しぶりにあの子をみたんだ。たまらなくなった」

鉄次は町子の葬儀の後しばらく、どこででも突然人目をはばからず大きな声で泣いていたという。たか子は、絹代から何かしら決意のような頑なものを感じていた。絹代はあのときから泣かなくなった。

「鉄次が出てきてくれるより嬉しいわ」

「鉄次がかわいそう」

「あんたのほうに出ていくようにとね、思ってる」

たか子は絹代を見つめた。絹代は日本酒をガラスのコップで飲んでいる。

「ありがとう。いつも気を遣わせてしまって」

「なんも、なんも。より子ちゃん、それ、夢をね、みたい夢をみるんよ」

「へえ、みたい夢、みられるんですか」

「そういうふれこみ。ひとりだとパワーは無い、増やせばパワーが出る、考えが及ばないくらいの。人のパワーって凄いんだ」

「それぞれ別の、念じた夢をみられるってことならすごいね。誰でも出来るのかしら」

こんなふうにね、手をつなぐの。絹代は、カウンターにおかれたたか子の両手に自分の両手をそっと重ねた。たか子は、絹代の手が思ったよりしっとり柔らかく暖かかったので驚いた。絹代はより子にも加わるように、出会って以来、いちばん強い口調で言った。

より子は、あのテレビの男がここにいなければ無理なはずだとは思ったが、黙って左右それぞれの手をたか子と絹代の手の上に置いた。

「ほら、目さ閉じて」絹代が囁くように言う。「ご両親に逢いたいっしょっ」たか子が言う。「ばか。この子の親は生きてる」「これは失礼。二朗ちゃんは？」「んでね、より子ちゃん、運命の出会いだって思ったんだ」たか子の耳もとで、絹代が囁く。「なして、そんなあ、残念でした」たか子が明るく言う。より子は、なぜたか子まですんなり従っているのかが不思議で、目を閉じることができない。二人はうっとりしている。

絹代は、やはりもういちど町子に逢いたかった。なんどでも、なんどでも逢いたい。夢で逢えるなら、ずっと眠っていてもよかった。あの子を抱いたあの重みは、ほんものだった。笑ってくれたらもっと嬉しい。声も聞きたい。絹代は、伸ばした腕に頭を乗せた。町子の周りには、父と母と妹がいてくれるといい。鉄次は、たか子のところに譲ろう。鉄次は、よくたか子が『希宝丸』に来たことを言っていた。内容もこと細かく報告してくれた。絹代は、酔いのためかふんわりしたいい気持ちで念じた。

たか子は鉄次に逢いたかった。そういえば、いちども鉄次の夢はみていないような気がする。ひとりでいるとき、いつも鉄次に話しかけていた。『希宝丸』は鉄次の兄が引き取ったが、船揚場の前を通っても視線を逸らしていた。

酔っているのはわかっている。でも、絹代の言うとおりにしていたい。素直になってもいいではないかと思う。絹代もそう言ってくれているのだ。ここは、彼女の想いに感謝し委ねよう。たか子も伸ばした腕に頬を乗せた。

より子は、少女のように目を閉じている二人の老女を見つめていた。彼女たちの目じりが、うっすらと濡れているのは笑い過ぎのためだ。まんまるの幸せな表情だ。まだ、自分には夢で逢いたい人がいないことが悔しく、彼女たちが羨ましかった。

――三人は岬に立っていた。真っ赤なワンピースに同色の幅広のヘアーバンドをした絹代は、生まれたばかりの町子をぎこちなく抱いている。離れて立つ鉄次は、灰色の作業ジャンパーに膝の部分がぽっかりとでているジーンズ、その前ポケットに浅く手を入れている。

二人より少し離れているたか子は、めずらしく髪をほどき、風に遊ばせている。三人とも無言だ。大きな太陽が目の前、丸みを帯びた水平線に沈もうとしているところだった。岬の先、眼下にはいくつかの岩がそそり立っていて、いちばん大きな岩は、こちらを向いているヒトの顔のようにみえる。岬はまだ明るく闇の気配はまったくないが、半島の半分、湾の海辺の家々をみると、すっかり陽が落ちて、深い藍色と濃緑色が混ざった絵の中に沈んでいた。三人は、強い海風に全身を洗うように立っている。

絹代はここに立つと、いつも最初はきれいだと思うが、海の色があまりに碧く深く、夕陽があまりに大きすぎて、言い知れぬ力を感じて怖くなり足が竦む。町子を連れていかれそうな気がして、彼女を抱く手に自然と力がはいった。

たか子も同じ気持ちなのか、両腕を組みながら絹代のほうを見ている。

夕陽を浴びてふたりは少女に戻る。

少女たちは、同時に少年の鉄次をみる。少年は遠くを見つめ、ぶっきらぼうに立っていた。少女たちは目を合わせ笑った。ふたりで笑うと恐怖心はなくなった。――

# トランシルヴァニアの雨

小桃さんが来る日は、いつも雨降りだ。

それも、ざっと降ってさっと止むような雨ではなく、朝からしとしと、じとじとと降る湿っぽいそんな午後。たいてい三時頃だ。

小桃さんは友人ではない。正確にいうと以前は叔母であったが、いまは他人。いまふうに言えば元叔母だ。私の母の弟の別れた妻。名前は可愛いが、八十歳をいくつか過ぎている。

いまから四十年近く前、私が小学校を卒業して中学の入学式を待っていた春に、叔父さんは亡くなった。

朝、起きてこないので小桃叔母さんが見に行くと、布団から少し足がはみ出ている程度で、よく眠っているなあと思い声を掛けずに戻ったという。朝ご飯の支度ができても起きてこないのでおかしいと思って呼びかけ、近づくと、冷たくかたくなっていた。

私の母は、その時のことを亡くなる間際までよく言っていた。どうしてもっと早く気づかなかったのかと。母と叔母さんは、いわば小姑と嫁の関係だから、叔母さんが嫁いできた時から仲はよくなかったらしい。叔父さんは三人姉弟の三番目の長男で、結婚時は母も上の伯母さんも嫁いでいて実家にはいなかった。けれど、小姑たちはしょっちゅう実家にやってきては一見仲良く、しかし、それぞれいろいろ言っていた。特に私にとっての祖父母が寝たきりになったころは、母などほとんど毎日実家に通っていた。祖父母を見送り二年か三年で叔父さんが亡くなった。心臓だった。ふたたび母と母の姉の伯母さんは実家に通いだした。

叔父さんと叔母さんの間には子どもがなく、上の伯母さんの次男、私にとってはいとこの洋ちゃんを養子にしていたが、洋ちゃんは反抗期に家を出てあまり帰って来なかった。時々は実家に戻っていたようだ。叔父さんの葬儀にはちゃんと喪主をつとめた。

四十九日の忌明けの席で、叔母さんは親戚一同に今後は洋ちゃんに任せると言って、家を出た。財産整理といっても大富豪でもなかったが、それでも土地や家屋、隣に貸家があった。あとで聞いた話だが、叔母さんの相続分はきちんと受け取ったという。

この忌明けの席には私も出席していて母と台所を手伝っていたが、母が小声で、「せめて一周忌まではいるもんだよ」と言った。私は、四十九日も一年も同じような気がしていたが、そう言うと母の感情の火に油を注ぎ、こんどはこちらに向かって攻撃してくるのは明らかだったので黙った。母と入れ替わりに台所に立った叔母さんは、水道の勢いを強めにして「もうたくさん」と、私にしか聞こえない低く呻くような声で吐き出した。そう、吐くといった感じだった。

叔母さんは、さっさと家を出て私たちとは縁がなくなった。再婚したのだろう。その後ふっつりと消息を聞かなくなり、親戚の集まりの時にも誰も叔母さんの話をしなくなり、私の両親が亡くなった折も知らせるすべもなかった。どこから聞いたのか、たぶん、洋ちゃんなのか、私がひとりでいることを知って叔母さんはある日訪ねてきた。以来、時々、そう、雨の降る午後にやってくる。

マンションの一階にいる小桃さんが、モニター画面に向かってニッと笑う。体中の皮膚が薄くて水分もなくしわしわだ。特に首は、縦皺と鶏の皮を思わせる小さな肉腫がたくさんあって、首を捻るとそれらがよじれる。

小桃さんの服装はどこも締め付けないワンピースで、それは一年中同じスタイルである。ただ、生地が夏は綿や麻、冬はウールになる。そしてレギンスを穿く。小桃さん曰く、

「パッチを見せて歩いてもいい世の中になったんだねえ」。短靴下は真夏でもはいている。髪は染めていない。白とグレーのまだらのショートカットである。頭頂部の薄ピンクの地肌が見えている。顔は素っぴんだが、口紅はいつも塗っている。塗らないと魔法使いのおばあさんのように見えるからだそうだ。色はいつも同じ華やかな紅色だ。

背筋はまっすぐだが、両膝は少し曲がってきたような気もする。でもほんの少しだ。細さの代表に牛蒡をいうが、小桃さんのワンピースの裾からでている二本の足は、本当に牛蒡のようだ。

これまでなにをしていたのか知らないが、いまはひとり暮らしの年金生活で、すぐ隣の区の市営住宅に住んでいる。

「おじゃましますよ」

小桃さんは入ってくると、よっこらしょっと、と言い、ソファを背もたれ代わりにして床に正座する。部屋を仕切る引き戸を開け放しているので、ほぼワンルームになっている一LDKの無機質な部屋は、小桃さんが座るとたちまち住まいになる。

ひと息つくと彼女は立ち上がり、斜め前方の台に置いてある木製の箱の前にいく。そこは板の間なので足が痛いだろうと思うのだが、正座をする。いつも私は立ったまま、そうすると目線は上から下になるのだが、かまわず頭だけ下げる。

小桃さんは座ってまず見上げる。不自然な角度になってもまったく気にせず両手を合わせる。

「南無阿弥陀仏――、南無阿弥陀―」きっちり十回言う。

たぶんこれは浄土宗で、正確にいうと両親は浄土真宗である。つまり母親は実家が浄土宗で、嫁いだ先が真宗だったということなのだ。小桃さんは、母の実家、自身の元嫁ぎ先のお参りを忘れずやってくれている。けれど、そんなスタイルは関係なく、かつて、不愉快な思いをさせたであろう母に毎回手を合わせてくれるのは胸が熱くなる。最後に頭を深く下げると、小桃さんは小さなかたまりになる。

立ち上がるときはさすがにつらそうで、両手を床についていったん四つん這いになり、そこからゆっくりと二足になる。そのとき、次回は必ず食卓の椅子を持っていってあげようと思うのだが、タイミングがずれてしまう。彼女のほうが動作は素早い。

――小桃さん――

彼女が最初にやってきたとき、「叔母さん」と呼んだのだが、彼女はきっと睨み返し、「あたしはあんたの叔母さんじゃない」と凄みのある声で言われてしまい、「小桃さんでいい」と、自らさん付けで言ったので二人して大笑いをしたのだが、そのときから私は彼女を名前で呼んでいる。

「小桃さん、いままでに愛した人って何人ぐらいいた？」

「あんたの叔父さんを入れて？　入れずに？」

「入れずに」

真夏でも、小桃さんには熱い緑茶を淹れることにしている。彼女の好みだ。常々お茶の葉はいいものを買うように言われているが、私の場合は収入に見合った葉っぱということになる。が、きょうは少し前に無農薬の伊勢茶をよそから貰ったのでそれをだす。甘い香りが漂う。

「ふたりはいました」

「その人たちといっしょに暮らしたの？」

「ひとりはいっしょに。もうひとりは、ひとつ屋根の下というのは正しくないね。でも、いっしょに生きました」

「事情のある人だったのね」

「まあ、そうだね。あんたはどうなの」

小桃さんはフーッ、フーッと、時には唾が飛びそうに、いや実際に飛んでいる湯のみを両手に持っている。

「ない」

「ないって言ったたって」

「なんだかもう縁がないような気がする」

「ひとりいただろう、若いのが。あや子さんが亡くなる前、いまにも結婚するようなこと言ってたけれど」

「お母さんと会ったの？」

「法事の席にね、いちど出たことがあって。三十三回忌。これでお勤め最後にするって言ってきたから」

「そうなんだ。なんかタイミング逃してしまったみたい。お友だちになってしまったというか。まっ、新しい関係になったのね」

「新たな関係だの、お友だちだのって。頭のいい人たちはいろいろ言うね」

彼女は、意地悪な視線で私を睨んだ。会っていて楽しいのは、こういう会話があるからだ。

小桃さんが夫を亡くした四十歳と今の私を比較すると、ずいぶん私は幼い気がする。ふらふらだ。

小桃さんがやって来るのは、もちろん両親のお参りではない。おいしそうな店を探してきて、二人で行こうということなのだ。小桃さんの食欲は旺盛で、テレビで料理や旅の番組を見るのが楽しみらしいのだが、やはり一人は行きにくくお呼びが掛かる。こちらも滅多に外食はしないので、彼女がやってくるのを心待ちにしていることもある。小桃さんはチラシや新聞の紹介記事、メモをきれいにスクラップしているらしく、そこから候補となる三軒ほどをピックアップして持ってくる。

手提げ袋から切抜きを出してテーブルに並べる。その時々、和、洋、中華、と趣向も変わる。小桃さんは和食一辺倒ではない。ステーキもパスタも大好物で、注文の時に少し量を加減してもらうことはあるが、きれいに完食する。お酒も飲む。どちらかというとぐいぐいという感じである。飲んで少し血色がよくなると少々色っぽく、たぶん、十歳くらいは若く見える、ときもある。彼女の食べ方も飲み方も実に美しい。箸のあげさげに無駄がなくすーっと動く。口の動かし方も静かだ。口に入れる食べ物の量を間違えたりしない。私は私のように頬張ってはしょっちゅう口から汁がはみ出してしまうということはない。私は親、母親を恨むことにしている。躾などまったくしなかったからだ。食事で叱られるのは唯一残すことで、それ以外はまったく何も言われない、野放し状態だった。

「私たちの若いころは焼肉というのはなかったから、食べに行くのも家でもなかったね。ホットプレートなんかもなかったからね」

「そういえばうちもそうだった」

そんな話をしながら二人とも考えている、何にしようかと。

今夜は、小桃さんがこのマンションに来る途中に見つけた新しい店に行ってみようということになった。ルーマニア料理だという。どんな料理なのかも知らないが、第一、そんな店ができていたのも知らない。彼女は、どこをみて歩いているのかと厳しい眼差しを私に向ける。

「ぼんやり歩いていると事故に遭いますよ」

ふた月前、マンションから帰るときに工事をしていたという。開店もし、今日来るときも確かめてきたらしい。私が知っているその場所は、オフィスビルの一階で、外国車の展示がしてあった。いつのまに変わったのか。たぶん、ほとんど毎日、前を通っているはずだが。電話番号を探そうとすると、小桃さんはしなくても空いていると断言した。

マンションを出ると雨は止んでいて、小桃さんは長傘を杖がわりに歩いている。杖がわりというところはよく見ないとわからないようにうまく歩いている。私は百円ショップで買ったビニール傘だ。彼女はこの透明ビニール傘を毛嫌いしており、本当になんの情緒も色気もないと言う。傘にも情緒と色気が必要らしい。

彼女の提げている袋はよそゆきで、少々気の張る外出時に持つものだ。とても古そうで、紫色の絞りに小花の刺繍が入っている。羽織をほどいてつくったそうだ。以前、酔った勢いで、いい人からの羽織だったの？　とふざけて訊くと、彼女はきっとなって母親だよと答えた。

「あんたももうわかる年頃だと思うけれど、最後になってなにより想うのは親だね。特に母親のこと。亭主や男は思い出しもしないね」

幼い頃、母親はよく実家に帰っていた。もちろん私を連れて。私は小桃叔母さんに会うのが楽しみだった。子どもがいないからか、私が行くととても可愛がるというか、おやつもいっぱいだして好きなだけ食べてもいいと言ってもらえた。こんな幸福があるだろうか。おじさんもずっと家にいる。広いお屋敷と庭、離れ屋もある。子ども心になんと素敵な暮らしと想ったことか。こちらは狭い長屋住まいで、隣のおじいさんが痰がらみのか細い咳をしても聞こえるほどだった。

叔母さんは真夏以外はいつもきれいに和服を着ていて、白い割烹着をつけていた。小さなやさしい声で、より子ちゃんと呼んでくれる。いま思うと、母親が来るのは叔母さんにとってうれしいことではなかっただろう。背後から急に抱きしめられて、おばさん家の子どもになる？　と囁かれるとうんと即座に答えてしまいそうになるのを、これだけはなぜか言わなかった。不思議だ。

小桃さんが先に歩いている。靴は浅いレインシューズで、ぴかぴかと光っているいま流行のもの。スタスタと軽快な足どりだ。身長は百五十センチほどか。次第に縮んできているそうだ。体重は四十キロあるか、ないか。ワンピースの下のレギンスは今夜は黒色だ。

彼女曰く、

「こんなふうにパッチを見せて歩いてもよくなるなんてねえ」会うときは必ずこれを一回ないし二回ぐらいは言う。もう口癖のようになっている。黒以外にもいろんな色のものを持っている。

小桃さんが立ち止まりこちらを見ている。店の前のようだ。ここは昨日も一昨日も通った。なのに、気づかなかった。

並んで店の前に立つ。入り口のドアも以前のショールームのまま何の変哲もない自動ドアだ。ただ、その前に木製のくぐり戸のようなものが作られていて拙い日本語で、――ようこそトランシルヴァニアへ――と書いてある。

「トランシルヴァニアってなに？」

私の問いに呆れたように小桃さんは濡れていないはずの傘をすこし振り、「ルーマニアの地名だよ」と言った。

店の名前は「トランシルヴァニア」ではなく「チョルバ」というようだ。私は立てかけてあるメニューを見た。親切にそれぞれ写真もついている。サルマーレというのはロールキャベツのようなものらしい。前菜類、サラダやペースト、スープの種類が多い。ふと見ると、小桃さんはもう店内にはいっている。私は急いであとを追う。

「いらっしゃいませ」

よくわかるがぎこちない日本語で近づいてきたのは、体格のいい大柄の金髪女性だ。抜けるほど肌が白い。私は海外旅行にも行ったことがないので緊張してしまう。店内は薄暗い。ざっと見回したところテーブル席に座っている人はいるのだが、その人が客かどうかはっきりしない。突きあたり奥にオープンキッチンといえばそうだが、たんなる事務カウンターの向こうに厨房を作った感の強いその中に、コックらしい男性が二名いる。

薄暗い店の隅に少女がいる。十歳にもなっていないような、長い髪をポニーテールにしている。テーブルでお絵かきのようなことをしている。店の子なのか。客ではないだろう。ここはまだ開店していないのではないか。しかし、看板には五時オープンとある。もう、六時を回っている。

突然、犬が横切った。白いふさふさの毛の大型犬が奥から走って来てドアにぶつかるようにしてまた戻っていった。私は言葉を失った。

小桃さんは金髪の女性と喋っている。

「七時三十分からダンスがあります。見ますか」

「はい、見ます」

「では、こちらの席へ。よく見えます」

私たちは、壁際のテーブル席に案内された。女性はメニューをおいていった。小桃さんが手提げ袋からメガネをとりだして、メニューを凝視する。その真剣な表情は他者を寄せつけない。彼女に言わせると、メニューを見るときがいちばん楽しいという。

私は、店に入ったときから気になっている女性に視線を移した。テーブル席、お絵かきをしている女の子の対極になる隅に座っている。この薄暗い店内で、濃くて大きなサングラスをかけている長い黒髪の女性だ。うつむき加減で斜めに構えて座っていた。彼女は何もしていない。テーブルにコップもないので客でもなさそうだ。フレンチスリーブのTシャツは気候とは合っていない。そこから出ている腕のたくましさは、見とれてしまうほどりっぱだ。耳には大きなリングのイヤリングで、肩にとどきそう。

さっきの女性が水を持ってきた。

「コースがよいです。お得になっています」

小桃さんは、うーんと唸っている。

「はじめてだから、前菜とアラカルトにしましょうか」

小桃さんは、私に相談しても無駄だと思ったのか「決めますよ」と言った。

「白いんげんのペースト。ママリガ、サルマーレね。チョルバ・デ・ブルタ……、ああ、牛の胃のスープ。これをいただきます」

こういうとき、高齢ではあるが彼女は心強い。安心してまかせられる。ワインも注文してくれる。ルーマニア産ワインという。二五〇〇円と三〇〇〇円で、二五〇〇円を頼む。ボトル一本を小桃さんが三分の一。私が残りを担当する。暗黙の了解である。私は久々のワインで浮き浮きしてきた。

その間も、黒髪のサングラスの女性が気になっていた。うつむき加減が妙に憂いを感じさせる。時折髪を指で巻いたりしている。注文という大仕事を済ませ、ひと息ついている小桃さんに言ってみた。目立たぬよう他のものを見るようにそっと振り向いた彼女は、至極当然のように、

「踊るんじゃあないの」と言った。彼女はダンサーなのか。しかし、小桃さんはどうしてそんなことが一瞬でわかるのだろうか。いままでメニューを見るのに集中していたのに。

「いらっしゃいませ」

店の人たちがいっせいに、私たちのときとは違う妙な調子で叫んだ。見ると、年齢不詳の男女が入ってきて常連なのか勝手に席に座った。金髪の女性がメニューを持っていったが、それも見ずそれぞれになにか言っている。とにかくこの男女も店の人たちも声が大きい。その後、勤め帰りらしいスーツ姿の男性五人がやってきて、私の気持ちは落ち着いてきた。

近くの壁に大きなポスターが貼ってある。ずいぶん古そうだが、それは店内の照明によるのかも知れない。十人ほどの若いとは言えない男たちが楽器を持っている写真。ヴァイ

オリン、アコーディオン、ギター、ベース、弦が張ってある台の前に、ばちのようなものを持って立っている。よくわからないが、楽しそうに演奏しているけれど、みんな違うほうを向いているところがいい。

「小桃さん、この楽器、なんていうのかしら」

「ツインヴァロム」

「すごい」

彼女の知識に感嘆するが、本人はまったく素っ気ない。当然知っているべきことのような感じだ。

「音楽は聴かないのかい」

「聴かない」

「若いのに」

「もう若くはない」

「映画は」

「映画なら見る」

「どんな」

「この間レンタルで、スパイダーマンとバットマンリターンズと――」

小桃さんは質問をやめた。

しばらくすると、店員の女性が出入り口ドアのすぐ横に、平たい皿に入れたキャンドルをコの字に置いていった。やがて照明が少し落とされた。始まるのか。ざっと客が入っている。やってきた料理をふたりであれこれ言いながら食べていると、突然、オープンキッチンの前にあるレジあたりから、ドカーンという大音響。大砲のような音だ。ドカンの次にたぶん、ギター、ヴァイオリン、アコーディオン、太鼓、シンバル？　がにぎやかに響いた。曲名は知らないが、聞いたことがあるメロディーにリズム、四拍子。レジの方をみると、音の出どころは通販などで一万円のCDラジカセである。ボリュームを最大限にしているからか、古いからか音が割れてなんだかよくわからない。

「ウォーッ！」

たぶん金髪の女性だろう、叫んだ。あと二人の女性店員も声をあげた。「フォッ、フォッ」そして手拍子だ。手拍子の音が桁外れだ。郡上踊りでもこんなに大きな手拍子はない。キッチンの中にいる男性二人も調理せずに、手を叩いている。

レジの後ろにある事務所っぽい出入り口、といってても一枚カーテンが下がっているだけだが、そこから素足の女性が踊りながら駆けながらでてきた。サングラスはしていないが、さきほどの女性だ。店員たちの手拍子掛け声は止まない。キャンドルのところまでいくと、客たちも手拍子と掛け声だ。私も力なく手拍子をする。小桃さんはまったく聞こえていないかのように、白いんげんのペーストをパンにつけて食べたり、スープの具をすくってはじっとしばらく眺めたりしている。彼女にとっては、ダンスより料理により関心があるのだろう。

キャンドルが並ぶところで止まった彼女は、移動せずに踊った。店員たちは、手拍子の合間に「オウー」や「ハッ」という掛け声をかけた。この声は店員だけだ。女性は全身をリズムに合わせくねくねと揺らす、特に腰の動きは柔らかい。爪先はキャンドルの内からはでない。スカートは一枚布を巻いて腰のあたりで結んでみえるものの、上はさっきといっしょかどうか判らないがフレンチスリーブのTシャツだ。と、突然音楽が途切れた。店内は急に静かになる。この沈黙。彼女は踊るのを止め、うつむき加減に黒髪を触ってから手持ち無沙汰に腰に両手をあてて無表情で突っ立っている。レジのところを見ると、金髪の女性が大慌てでラジカセのところでなにかしている。大音響がしたと思うとそれが途切れ、そのたびに彼女は踊りだそうと構えてはまた、うつむいて黒髪に触れた。彼女はやりきれないというように、小さくため息をついた。ドカーンという大砲のような音がして音楽は再生された。

見ていると、フラメンコのようでもあるし、ベリーダンスのようでもある。よく似ている。けれど、彼女はそんなに激しくは動かない。なんとなく冷ややかな感じがするのは、仕事前の彼女を見たからなのか。周りの店員の掛け声と手拍子のほうがずっと熱い。しばらくすると、彼女は各テーブルを回りだした。手を出して一緒に踊ろうと誘う。会社員の男性グループは、全員立って踊りだした。少し踊ると違うテーブルに移る。私たちのテーブルにもやってきたが、二人とも同時に手を横に振った。彼女はすっと次に移った。いつのまにか右隣のテーブルに男性一人客がいる。小柄で、黒い帽子、つばのあるものをかぶっている。黒っぽい服装で、テーブルには皿に盛った料理とコーヒーカップ。手も叩かず、踊る女性をじっと目で追っていた。

左隣には、恰幅のよい男性が若い女性ふたりといっしょだ。女性たちは黒髪に瞳も黒っぽい。踊っている女性に似ている。テーブルにはワインの瓶とグラスがひとつ、男の前にあるだけ。楽しんでいるようにもみえない。太ったその男のお腹も大きいが、太い腕に手の肉づきのよさ。まん丸の指に食い込むように金や銀のリングが親指以外にはめられている。この男も濃いサングラス、鼻の下にひげがある。黒の革のズボンに同色の革ジャンパー、この革ジャンの下のシャツは見えないかわりたっぷりとした胸毛がみえていて、銀のネックレスも光っている。なんとなく手配師のようにも思える。

女性と一緒に踊っている客たちは、初心者が踊る阿波踊り状態だ。

小桃さんは、この店内の空気には目もくれずもっぱら食べている。紅色の唇、周囲の皺が縦にこまかく震動している。蠕動運動のようにもみえる。それをワインで流している。今夜はお酒もよくすすんでいるようだ。

小桃さんは若いころ随分美しかったろうと思う。小桃さんのお母さんもきっと美しかった、いや父親か。そんな感じの美しさだ。年齢を重ねてもその面影はのこっている。

私は、正月に小桃さんが小豆色の着物、裾模様に手鞠と御所人形が手描きしてある友禅に、渋い柿色の綴れの帯を締めていたのを思い出す。黒髪をきりりと結い上げていた。一重の切れ長の目にすっきりとおった鼻筋。いつもは化粧をしないが、お正月や法事などでは薄化粧をしていた。それだけでも周囲の人より目立った。母親が歳をとり昔話ばかりするようになってはじめて、小桃さんが母親とふたり暮らし、つまり今で言うシングルマザーで、お母さんは芸者さんだったことを知った。それも、地方の温泉場などを転々と移動する芸者さんだったこと。小桃さんもお座敷にでていたらしいこと。定住したのは、お母さんが芸者を辞め定食屋のようなところの手伝いを始めたときだそうだ。小桃さんはどこで叔父さんと出会ったのか、それは誰も知らない。二人とも言わなかったようだ。

いつかこうしていっしょに食事をしていたとき、二人ともお酒が入ってはいた。私がすっかり過去のことを忘れていて、軽い気持ちで旅行に行くのも、温泉なんかもいいねと勧めたら、彼女はとても嫌な、苦い顔をした。

「草津も有馬も別府も行ったことがあるね。温泉に入ったという記憶はないけれど」と、ぽつりと言った。それ以来、旅の話はしない。

小桃さんがお座敷で舞っている。

屛風の前、帯ずれの音。

白くて細長い手指をまっすぐ伸ばして一瞬止める。視線の行く先、その表情。凜とした立ち姿、静かで儚げな美しさが漂う――。

三味線に合わせて唄うのは、地唄だろうか。かなり年配のお姉さんのひくいが艶のある声――。

遠くからヴァイオリンとギター、アコーディオンが聞こえてくる。小桃さんはまだ舞ってはいるけれど、いまではヴァイオリンらの音楽で舞っているようだ――。

もう少し小桃さんを見ていたいのに。小桃さんの姿がだんだん小さくなっていく。

ガンガンと大きな音が二拍子で迫ってきて、バーンとシンバル。ドカーンと大砲の音。ダンスは、最初の音楽が途切れたときと同じように突然終わった。まだ続くのかと思ったが、女性はさっと風のように出てきたレジの後ろへ一目散に駆け込んだ。とても恥ずかしいことをしていたかのように。挨拶とかお辞儀とかもまったくない。そうすると照明がつき、以前のBGMが流れ、見るとあれほど熱かった店員たちは、なにごともなかったかのように動き出した。

いつのまにか着替えた女性が、私の左隣に座っている。サングラスはかけていない。スカートがミニのタイトスカートになっている。太った男が何か言って自分で笑った。女性二人は少し笑ったが、彼女は笑わない。片肘をテーブルについてうつむき加減に座っている。彼女はテーブルに対して斜めに構えているので、私との距離はとても近い。すぐそこに彼女がいる。と、視線が合った。彼女はふっと微笑んだ。彼女はテーブルにいたが、そのテーブルの話にはまったく加わっていないのだ。無関心のように見えた。私は微笑み返した。私の笑みはぎこちなかったかも知れない。

「そろそろ帰ろうか」小桃さんが言った。さっきから、なんども声を掛けられていたようだ。小桃さんはお勘定を頼んだ。すると、金髪の女性はテーブルを見てコーヒーが来ていないといった。コーヒーと小さなデザートは、食後のサービスだという。どうする？　という目で小桃さんは私を見た。「いただきます」と私は言った。ダンスが終了したのが合図のように客が席を立ち始めていたが、もう少しここに居たかった。

小さなドーナツにサワークリームがかかったものと、デミタスを飲みながら、小桃さんはいつもと違って伝票を食い入るように見つめ、厳しくチェックしている。

「きょうはごちそうしておくよ」

驚いた。いままでいちどもなかった。正しく割り勘だった。それでもお酒など私のほうが多く飲んでいるので、正しくはないのだが。

「今朝、しまったまま忘れていたへそくりがでてきたんでね」

「へぇ、そんな嬉しいことって」

「年をとると、しまいこんだことも場所も忘れてしまってね、突然、掃除していると見つかるんだよ」

「今回はどこにあったの？」

「台所の流しの下の鍋の中」

「鍋の中？」

「どうしてこんなところに入れたのか、さっぱり思い出せないんだよ、これが。だからもう、思い出そうとはしないけれど。まっ、一万円だし。なんだろうねえ、嫌だねえ」

私はおかしくて笑いが止まらなかった。彼女はあまり他人に弱みをみせない。失敗話などもしない。今日は少し弱みをみた、みせている。彼女は古い大きなロウケツ染めのがま口を開いて、四つ折の紙幣を出している。

「ありがとうございました。お味は、いかが、でしたか」

金髪の女性が言う。

「おいしかったですよ。スープ、サルマーレ」

「白いんげんのペーストも、でしょう」私が小桃さんに茶々を入れた。彼女はほとんどひとりで食べた。

「また、ぜひ、どうぞ、おいでください、ませ。お願い、します」

席を立つとき隣を見たが、彼女は違うほうを向いていて私たちを見なかった。

外に出ると、止んだはずの雨がまた少し降っていた。汚れてくっついて開きにくいビニール傘を開けながら、きょうは一日中雨降りだったと思う。ダンサーの彼女は、もうワンステージあるのだろうか。あの黒い革ジャンの手配師に搾取されているのではないか。遅くなったから泊まっていかないかと、勇気を振り絞ってはじめて言ってみたが、小桃さんは聞こえなかったのか、振りなのか、鼻をふんと鳴らした。

「じゃあ、またおじゃまさせてもらいますよ」

「足もと、気をつけて。滑らないようにね」

言いながら前を見ると、小桃さんはスタスタと地下鉄への階段を降りはじめていた。

# はなしかたの練習

短い言葉を交わし、私たちはターミナルで別れる。ふたりともこの場から一刻も早く立ち去りたいとでもいうような早足だ。

振り返らない。

先のことは考えない。

けれど、やっぱりだめだ。

これで最後だ。

それもあてにならない。

半年前も、同じことを混みあう地下鉄の中で巡らせていた。

また時間が経てば、揺らぐのか。

古くて狭い階段を上って地上に出ると、駅前ビルの一階にある小西不動産の明かりがまだついていた。立ち寄らずアパートに向かって歩き出す。社長が残って缶ビールを飲みながらテレビを見ているのだろう。家に帰っても、好きな番組を好きなような格好で見られないからだ。少しの同情心はある。大手に押されっぱなしの、社員三名、パート一名の地元の不動産屋である。

幹線道路を外れ私鉄の線路を右手に歩く。左手に広がる住宅街の終わり、畑が見える手前にアパートはある。二階建て四戸で一棟。三棟並んでいる。入ってすぐ西側の二階が住まいだ。

わずか二日間ではあるが、閉め切っていた部屋は日中の日差しを留めていて、熱気と湿気を含んだ匂いがする。エアコンをつけ着替えを済ませてから窓を開けた。ブランコと砂場だけの誰も遊びに来ない二等辺三角形のかたちをした小さな児童公園がすぐ隣にある。道の向こうは、このアパートの大家が所有する茄子畑が広がっている。その向こうは大家が手放した土地に建ったスーパーの駐車場。頻繁に車のライトがこちらを照らす。灯台の灯をみているようだ。短い夏休みは終わった。

取引のある食品会社から、至急物件を集め新幹線改札口に迎えに行くように言われた。指定時間にカードを持って立っていると、濃紺のスーツにビジネスバッグを提げた背の高い五十歳くらいの男性が近づいてきた。社名に続いて木村より子と名前を告げながら、名刺を渡し頭を下げる。駅前の駐車場までの間に、三物件の説明を手短に話す。男は歩きながら、コピーにざっと目を通した。

一件目は新幹線の駅からごく近く、食品会社までは地下鉄で三駅ほど。いちど乗り換えがある。だが、交通の便、買い物、遊びには至極便利である。十二階建ての五階部分で、高層ビルの密集地、日あたりはよくなく居住性は低い。だが、こういうところを好む客はいる。特に男性単身者に多い。口に出して言わないが、治安はよくない。周辺のビルの部屋には、怪しげな商売をしているところもある。男は「ちょっとねえ」と低い声で言った。乗り気でないのがわかった。

男は車中でもコピーを見るでもなく、外の景色を眺めるのでもなく静かだった。そう、ぼんやりしているというのがぴったりだ。転勤もこの土地にも初めてでないような気もする。それならそう言ってくれればいいのだが。あまりプライベートなことも訊けない。栄転ばかりでもないからだ。相手の希望が具体的にわからないとなかなか話が進まない。お喋り好きではないが、仕事上、話しながら相手の要望をまとめていくので、口数の多い客のほうがありがたい。黙っている男はわかりにくかった。

「このマンションは分譲で、先方は法人契約を望んでおられるので、条件的にはぴったりだと思います。広さも二ＤＫとかなり広いです。商店街が目の前ですし、飲食店もかなりあります。商店街の通りは三筋あってかなり広いものです。観音さまの門前まちということです。会社まで歩いて二十分。地下鉄だと駅まで三分、乗って十分ほどですか」

二件目は十五階の七階部分で、ひとつの階に三軒の細長い建物だ。物件は真ん中で、両隣は家族住まい。付き合いの煩わしさを嫌えばだめなのだが。エレベーターを待っていると、黄色い帽子にランドセルを背負った女の子がやってきて、「こんにちは」と大きな声で挨拶をした。男の表情が少し緩み「こんにちは」と低いがやさしい口調で返した。降りるとき、少女はまだ乗っていた。

鍵を開け先に入り窓の黒幕を外すと、一気に日差しが入ってきた。仕切りのない八畳二部屋の外には続きのベランダがあり、玄関横のダイニングキッチンも出現した。窓を開けたため車の騒音や反響する雑音も飛び込んでくる。お世辞にも広く美しいとは言えないベランダだが、視界はずいぶん広くなる。

「南向きですね」

男が眩しそうに入ってきた。

「はい。日あたりもいいですし、風通しもいいです」

キッチンの小窓を開けクローゼットの扉を開けた。男が興味を持っているのは声の強さでわかる。男はベランダに出て、眼下に広がる桜の木々に驚いた様子だった。

「隣は寺院です。本願寺の別院です。街の真ん中に、こんなに緑の多いところはちょっとありません」

「保育園ですか」男は真下を見て訊ねた。

「いいえ幼稚園です。寺院の経営です」

南側のマンションの敷地は七階から見るとほとんど見えない。二メートルほどのフェンス沿いに幼稚園の敷地の桜の木が十数本あり、その緑の向こうに赤い屋根の二階建ての園舎が見える。黙っていたわけではない。学校、寺院、公園は静けさを好む客には敬遠される。お勧めを先に言うのは商売の常道だ。

「時間になると鐘もなります」そう言い終わらないうちに、園児たちが身体いっぱいの甲高い歓声とともに一斉に園庭にでてきた。しばらく見下ろしていた男は、納得するように頷きながら部屋に戻った。

「鐘は朝六時、十二時、夕方の五時だったか、チャイムに続いて鳴ります。ただ、慣れれば聞こえなくなります。私が言うのも嘘のようですが。信じてもらえると……」

「いや、僕は学生の頃、駅の傍に住んでいたんでわかります。最初は始発と同時に目覚めていましたが、すぐに起きなくなりましたね。人間て不思議なもんだ。でも、あなたはかなり正直だな、回数まで言うなんて」男はおかしそうに小さく肩を揺らして笑った。キッチンへ移動する。

「お二人でも大丈夫な広さです」

「そうだな」

「床と壁は、こちらで張り替えさせていただきます」

「いいですね」

「両隣ともご家族でお住まいなので用心もいいですよ。単身者ばかりだと狙われます」

「両隣も同じ間取りなんですか」

「いいえ、もうひと部屋あります。角になるので」

「真ん中は狭いのか……」

男は続けて何か言ったようだったが、スピーカーから流れてくる童謡と園児たちの声で聞き取れなかった。キーンという耳をつんざく嫌な音がマイクを通して聞こえ、たぶん先生だろう若い女性が「はい、並んでくださあい」と叫んだ。キーンという音。行進が始まった。ひと部屋の窓を閉めた。だめかも知れない。次の物件までしか用意はしていない。後日だと別の会社にもっていかれるかも知れない。

「いかがですか」自信なく訊ねた。押しは強くない。

「いいですね。子どもの声も鐘の音も構わないんだ。朝出て夜遅いんだから」

もう一件あるがそこに行くかと訊ねると、男は行かないと答えた。

「返事は社のほうからしますので」

「結構です」

男はもう一度部屋を見回し、洗面所、風呂、トイレと確認するように見て回った。

両手を広げ背伸びをして幕を張っていると、男は黙って手を貸してくれた。思いがけず、戸惑った。礼を言い頭を下げた。

「会社に行かれるのでしたらお送りしますが」

「社へは夕刻でいいんです。ちょっとこの辺りをぶらついてみます」

マンションの前で別れた。男はゆっくりと散歩をするように歩き始めた。左肩が少し下がっている。やがて人混みにまぎれて見えなくなった。いまは九月も半ばで、大掛かりな定期異動の時期ではない。そんな時にやってくる。それも急に……。

数日後、食品会社へ行き、総務課長と契約を済ませた。男の名は矢守明といって、意外にも営業部長だった。商売柄営業マンとはよく接するが、矢守のような男性は珍しかった。静かで無口でどちらかというと人あたりもよくない。部長とは。

「木村さんの選んでくれる物件は、いつも評判がいいですよ。部長も喜んでおられました。忙しいのにあちこち連れまわされて決まらないとなると大変なんでね。短時間によくこちらの条件に合うのを見つけられますね」

微笑んで受け答えしていたが、いつも綱渡りだ。ぎりぎりで持っている物件を照合する。大手のチェーン店との差は、フットワークのよさぐらいしかない。あのマンションの物件は、なぜか借り手が決まらなかった。ほどよい広さと買い物、交通の便もよい。ベランダから桜を見下ろすことができるなんてなかなかない。いちどは満開のときに見てみたい。だが、そういう物件に限ってなかなか決まらないことがある。これまで二組案内していた。一組は寺と幼稚園のダブルパンチはきついと言った。騒音だという。もう一組はすべてはいいが、分譲の付き合いが煩わしいといった。何も言わず決めた矢守に、なにかしら親しみを覚えた。

新築の二階建てアパートに、男子大学生とその母親を案内した。四月に息子が入居したアパートの環境が好ましくないからというのが転居の理由で、母親の話を聞いていると、彼女自身が気に入らなかったのではと思えてくる。だいたい母親しか喋らない。両隣が学生ではないというのが退去理由だ。入居のときそれが良いと彼女が言ったのだ。今度は学生ばかりを希望している。もう驚きはしないが、途中の引っ越しまで母親が出てくるのはあまりない。駅前の事務所で契約をし、年齢よりずっと若く見える母親は、息子に敬語をつかい満足そうに帰っていった。

机に戻るとメモがあった。

——門前町マンションの矢守様より電話あり。ガス給湯器の表示盤にエラーがついたままで、ガス会社にみてもらったところ、外の水道管のパッキンを交換しなければならないとのこと。お願いしたので持ち主さんに連絡して欲しいとのことです。PM3時——

あの部屋の持ち主は近郊で農業を営む男性で、マンションは医者である長男が住んでいることになっていた。勤務先の病院の近くということだったが、実際は女性が住んでいた。大手の仲介だと建物は委託の管理会社が一手にやるが、昔ながらの小西不動産はすべてを自分たちでおこなう。持ち主に了解をとり、矢守の家の留守番電話に入れておこうと呼び出し音を待っていると、本人の声がした。驚いて言葉に詰まりながら用件を伝え切ろうとすると、前に住んでいた人宛てに手紙がきているという。きょうは終日在宅というので寄ってみることにした。

「ここは、以前も持ち主の方がお住まいじゃなかったんですね」

矢守は普段着で、ゆったりした動作で三通の封書を持ってきた。宛名は女性名だった。

「詳しくは……」

言葉を濁した。

矢守は静かに微笑んだ。

玄関に立っていると、ベランダのある窓からの夕風が薄ベージュ色のレースのカーテンを揺らし膨らませていた。壁には淡い色彩で描かれた天使の絵皿が掛かっている。ひとり住まいにしては、生活の匂いがしている。きれいである。あれこれ想っていると、矢守が仕事は終わりですかと訊ね、そうだと答えると、一緒に食事はどうかと誘われた。ふと、行く気になった。ためらい考えることをせず返事をした。部屋の中へ消えた矢守に、休みなのかと訊ねると、「日曜出勤の代休です」と声だけが返ってきた。ベランダの向こうからは、車の流れる音しか聞こえてこない。静かだった。上着を着ながら現れた矢守は、

「それでも午前中は社に出てました」と苦笑する。

「美味しい店を見つけたんで、そこに行きましょう」

マンション前の歩道を歩きながら、矢守は誇らしげな表情で料理のことを言う。初対面よりはずいぶん柔らかな印象を受ける。まるで探検好きな少年が、成果を報告するような真剣さと嬉しさだ。商店街の角にある小さな食堂のドアに、彼は手を掛けた。

カウンターだけの細長い店で、既に客は二人いた。それぞれひとり客だったが、近所の顔見知りのようだった。

「このあたりは食べるものは美味いし、安いし。人情もあっていいところですね。あなたに感謝しています」

「ありがとうございます。よかったです。お客さまに喜んでもらえるのがいちばんなんです。私も時々ですけれど、食事に来たり、あと、買い物にも。楽しいでしょう」

この町にはいつごろからか外国人が多くやって来るようになった。肩のこらない空気が呼び寄せたのかも知れない。歩いていても、多国籍というのか、さまざまな言葉が飛び交っている。知らぬ間に古着屋や中古販売の店が多くなった。

「こういう空気、好きなんだ。いろいろごちゃごちゃあって」

「はい。でも、こんな短時間によく歩かれているのですね。矢守さんは東京からですか」

「ええ。でももうずいぶんあっちこっちで。どこがどこかわからなくなってきました」

「ここはよく浅草と似ていると言われます。私は行ったことがないのですが。転勤でいろいろな所に行けていいなあと思います」

「その町々、歩くようには心がけていますけれど。他に楽しみもないのでね。けれどなんだか記憶もごちゃごちゃしてきました。会社と、住まいと、近くの食べ物屋と、あとは接待で行く飲み屋か」

二人して同時に笑った。

「寂しいですね」

「寂しいです」

矢守がすすめる本日のディナー定食を注文する。小さな前菜の皿、本日のスープ、メインは二人とも魚を選択した。石鯛のムニエルだった。あと、コーヒーが付く。

「ここはサラダもうまい。野菜がとてもうまいです」

矢守は付いている野菜をばりばり食べている。食欲旺盛である。何かスポーツをしているように思えて訊ねると、学生時代陸上の障害の選手だったと言った。

「僕は三〇〇〇メートルでね。知っていますか。だらだらと走るあれです。前のランナーが水濠に入って泥を跳ねてね、それが僕の鼻に詰まって。どんなに抜こうと思っても抜けなくて。呼吸ができなくて。苦しかったなあ。目に入るのも痛いけれど。靴が脱げたり。水濠の中で脱げると履けないんだ。そのあと走るのが重くて。でも、楽しかったなあ。距離障害は牧歌的なものがあってね。本当は十種競技をやりたかったんだ。あれは真の陸上の王者ですから。けれど投擲がだめだったんだ」

「投擲って」

「やりと砲丸と円盤です」

矢守は饒舌だった。生き生きとしている。あの、スーツを着ているときの重苦しい感じもない。私は久々に食事をしながら声を出して笑った。店の人も他の客も矢守の話を聞くともなしに聞いて、笑うところだけは同時に全員で笑う。その雰囲気がとても楽しかった。

店を出て礼を言い、頭を下げた。矢守は、また食事をしましょう、探しておきますが当分はここになります、と言って笑った。彼は、じゃあと言って手を上げて交差点を渡っていった。あの部屋を気に入ってくれたときから感じていた親しみのようなものが、はっきりとしてきた。

駅前にある痩せた街路樹がわずかながら葉を落とし、季節の節目を知らせていた。風は次第に北風となり、曇った日は何か一枚暖かいものを重ねたくなる。

ある日、社長から応接室に来るように言われた。営業のほかの二人が出て行くのを待っていたようにも思えた。小西不動産に社長室はない。応接室が社長室になり会議室で密談室になる。ふだん社長はカウンター横にある接客用ソファに座っている。彼は私が入社したころからかわらない灰色のジャンパーとズボン。たぶん、同じ会社の同じものを買っているのだろう。ポリエステルで、一年中これで通す。夏はシャツで冬は厚手のセーターである。小柄で頭髪はない。最近再び体重が増加したのか、この時期でも汗を拭いている。

「いつだったかほれ、中村とこのアパートを担当してたときのお客さん、憶えてる？　七十歳過ぎの女性で、保証人いないんで揉めた」

「佐野喜代さんですか」

中村さんはこのあたりの土地持ちで、貸ビル、アパート、駐車場など手広くやっている。社長とは幼なじみである。

「そう、佐野さん」

彼女は、数年前予約なしに小西不動産にやってきて、二DKほどの部屋を探していると告げた。ほっそりとした飾り気のない女性だったが、てきぱき話す物腰から七十歳半ばとは思えなかった。条件的には中村さんのアパートが合うのだったが、年齢、独りというので彼が難色を示した。保証人もなく、緊急連絡先もなかった。現在は無職である。ただ、彼女は永年大手のデパートに勤務していたようで、退職証明と、年金手帳を持っていた。彼女の言動は、すでに何軒か不動産屋を回ってきたと思われた。渋る中村さんに社長が、あまり今風になるな、と説いた。彼女は無事入居した。

「佐野さん、病気で入院しているそうだ」

社長は、表情を曇らせ声を落とした。

「ちょっと様子を見に行ってもらえないかな。中村が頼んできた。君なら佐野さんも話しやすいだろうって」

後々のことがあるから、そのあたり遠まわしに聞いて来いということだった。

佐野さんが入院しているという大学病院は、最近郊外の丘陵地に移転したばかりで、広大な敷地に白い建物が幾重にも聳えていた。ホテルのロビーを思わせる案内所で訊ねると、入院病棟は別棟だといわれいったん外に出て歩いた。車道と歩道がきちんとあり、歩道は落ち着いたレンガ色の弾力のあるタイルで歩きやすく、両脇にはパンジーやベゴニアがきれいに植えられていた。公園のような気もしてくるが、途中にある可愛い標識には、病理研究所や精神科病棟などと書いてある。

人の出入りがさきほどでもない、比較的静かな建物に入り、受付窓口で面会を告げる。きょう会いにくることは、病院の事務局を通して佐野さんにも伝えていた。

広い廊下に明るい青色と白色の壁は、一瞬病院であることを忘れさせる。ナースステーションで面会を告げると、応対してくれた鮮やかな青のアイシャドーを目蓋にたっぷり塗った女性は、微笑みを絶やすことなく用紙に記入するところを指差し、記入が終わると病室を教えてくれた。

佐野喜代というネームプレートを確認し、ベッドの位置を確かめて開け放たれているドアの前に立った。部屋は眩しいほど明るかった。大きくとられた窓が、空の色をうつしだしている。向かい合って三ベッドずつある右手の真ん中で、佐野さんはこちらを見て小さく手を振り微笑んでいた。

「申し訳ないわねえ、あなたにまで来てもらって」

声に力がなかったが、そんなに痩せているようにも見えず以前と変わらないしっかりとした口調だった。入院を知らずに見舞いが遅れて申し訳なかったと謝った。彼女はベッド下にある丸椅子を取り出すように手で示した。

「もうすぐ病室を移るのよ。その前にいちどお会いしたかったの。ちゃんとお喋りできるうちにと思って。忙しくしてらっしゃるのに本当にごめんなさい」

彼女は横になったまま頭を下げた。

「入院間際はバタバタしちゃって。中村さんには言っておこうと思ってたんだけれどそれもできなくて。でも一度くらいは帰れるかと。こんなに早く進んでしまうなんて。もっとゆっくりかと思っていたの。わたしはいつも見通しが甘くて」佐野さんは笑顔を見せながら少し早口で言った。

「お宅の社長さんにもあなたにもずいぶんよくしてもらって、入居する時、助かったわ。わたしのように独身で身寄りもないとなると、いくら金銭面で問題がなかっても難しいことがあるのね。お金さえ持っていれば大丈夫とずっと思っていたけれど。甘かったわ」

後始末はすべて民間の組織に委託しているからそこがやってくれる、心配しないように中村さんにも伝えて欲しい、部屋の明け渡しもきちんとしてくれるはずだと言った。私は何も言えなかった。退院してからお話をお聞きしますとも言えなかった。それほど彼女は理路整然と話し、まるで他人の事務手続きを伝えているようでもあった。

「お世話になったお礼はいましか言えないと思って。ありがとう。木村さんには引っ越しのお手伝いまでしてもらったし、スーパーやバス停で会ったらお喋りもして楽しかった。いつも声をかけてくださってありがとうございました。嬉しかったの。この町に引っ越して来てよかったわ。何軒か断られてね。お宅に断られたら老人マンションにと思っていたの。あそこなら大歓迎されるのよ。なんども案内がきていてね。けれどこんなふうに、あなたや社長さんやお隣さんの声がする中で、最後までひとりで生活をしたかったの」

「あの時、社長を少し見直しました。一瞬だけですけれど」

「あら、ひどい」

佐野さんは、少し黄みを帯びた蒼白い右手を口にあてて高い声で笑った。そして、ふっと息を吐いてその手を額に持っていった。

「お疲れですか」

「大丈夫。お客様はめずらしいから、興奮してしまって。来るっていったらボランティア団体の人とか、事務的な話ばかり」

私は仕事のことや社長や中村さんの話を面白おかしく話し、少しだけ矢守明のことを話した。

「木村さんがお客様のことを話すのははじめてね」

「そうでしょうか」

「きっと、お客様以上に親しみがあるのかも」

「そうでしょうか」

「そうよ。親しみを感じる人との出会いなんて、ありそうでないのよ。大切にね」

「でも、仕事上での出会いですから」

「きっかけなどなんだって構わないわ。大切な出会いがどこにあるのかなんて、わたしたちにはわからないもの。それに、仕事だけを切り離せない。人生の大半を占めるのよ」

「はい」

ステーションにいた女性がやってきて、痛みはどうかと訊ねた。まだ、大丈夫と佐野さんはしっかり答えた。女性は、また来ますと言って出て行った。看護師のユニホームは着ていなかった。

「腰がね。痛いの」

彼女は薄く目を閉じた。口もとから涎が細く流れたが、それに気づかないようだった。

私は、ためらいながらも枕そばにあるティッシュペーパーを抜き取りそっと拭った。彼女はふっと目を開けたがあまり驚かず、ああ、と声を漏らした。

「また、来ます」

少し大きな声でゆっくりと言った。

佐野さんは、じゃあと力弱く答え右手をゆっくりと上げた。私はその手を握った。こういうときに何を言えばいいのか、考えてこなかった。彼女の目は濡れていたが、それが涙かどうかはわからない。握った手をそっとおろし、音をたてないように丸椅子をベッド下に戻して病室を出た。ドアのところでもう一度佐野さんを見、頭を下げた。

大家の中村さんと佐野さんの担当という人からほぼ同時に連絡が入ったのは、見舞いに行ってからひと月ほどたった頃だった。しばらくしてやってきた高波と名乗る六十歳くらいの男性は、佐野さんが亡くなったこと、本人の希望で葬儀はせず、知らせず、すでに荼毘にふされたこと。納骨の場所も決めてあり、それまではその管理事務所で預かっていることなどを告げた。

見舞って以来、彼女のことは心のどこかにあった。次の休みには会いに行こうとも思っていた。あんなに喜んでもらえたのだから。役に立つことがあればやらせてもらおうとも。

こんなに早く、こんなになにもすることがないとは。家具をはじめ衣類や日用品の始末、部屋の明け渡しまで、高波はきれいに片づけて帰っていった。

社長と中村さんは、最初は佐野さんを見上げたもんだとしきりに感心していたが、社長がふっと、「やっぱり寂しい」と呟き中村さんが無言で頷いた。私は二人に訊ねてみたかった。独り身で逝くのが寂しいのか、こんなにきれいに後始末をして逝くからか、と。私はもう少し佐野さんのお手伝いがしたかった。関わりたかった。別れも言いたかった。もっと迷惑をかけて欲しかった。どうして迷惑をかけることをそんなにいやがるのか。後片づけだってそうだ。ゆっくりと佐野さんの姿が遠ざかるようなそんなお別れをしたかった。あのとき、佐野さんに言えばよかったと後悔した。今度言おうと思ったのがよくなかった。外からは決して測れない強い覚悟ではあるが。それでもと言いたかった。翌日、社長と中村さんと三人で、遺骨に手を合わせに行った。

十二月三十一日は、夜十時まで仕事をし、社長以下社員三人と会計のおばさんの計五人で蕎麦を食べ仕事納めとした。若者二人は今夜の夜行バスでスキーに行くようで、気分はすっかり冬休みになっている。まだ飲んでいる社長を残してアパートに帰る。

ずいぶん前から正月の用意は何もしない。両親を既に亡くし、実家は長男夫婦の代になっていて、帰るという想いもわかない。いつもと同じ夜だ。金輪際会わないと思った男からは連絡もない。向こうも同じだったのかも知れない。なんとなく宙ぶらりんで妙な気持ちでもある。きちんと別れを告げて再起を誓うということもできない。踏ん切りのつかないままの年越しだった。

翌日は昼近くに起き、快晴だったので洗濯をし、布団を干した。大掃除もした。アパートは全部で十二軒だが、正月に居るのは何人ぐらいだろうと布団を叩きながら考えた。ここは単身者と家族と半々である。どこからも声や生活音がしない。もし、いま、屋根をとってみたらどんな光景なのだろう。ひょっとするとひとりかも知れない、と想像すると少し不気味だった。今夜もひとりでということだ。知らないことも大事だ。スポーツ中継を見てうとうとしてしまう。久々の休日のような気がした。夜も外出せずあるもので食事を済ませた。静かな元日だった。

三日に散歩を兼ねて門前町に行った。観音さまの境内は屋台も出て大変な人出だ。着物姿の女の子たちもいる。隣接する大衆演芸場の色鮮やかな幟が何本も立ち、白抜きの役者の名前が風に揺れていた。やっと正月らしい気分になった。

賽銭を入れ大慈大悲観世音菩薩に一年の健康と無事を祈った。いま、必要なのは、健康だ。これだけが頼りだ。ぶらぶらと店を覗き蕎麦屋に入った。午後三時を過ぎているのに空席がない。諦めようとしたところ誰かが手を上げている。矢守だった。懐かしさがこみ上げてきた。空いているという手招きだった。

型通りの年頭の挨拶をし、彼の前に座った。

「ここの蕎麦はうまいです。三日に一度は食べているなあ」

矢守の前には、ざるが三枚重ねてある。

「お住まいのほうはいかがですか」

「快適です。あっ、木村さん、除夜の鐘、とてもよかったですよ。本当にあんな近くで、最初から最後まで聞けるなんて。素晴らしかったです。ゆっくりと一年を振り返り新しい年を迎えました。あなたがいるのなら呼べばよかったなあ」

「残念です」

そうか、あの部屋は桜を見下ろせるだけではない。除夜の鐘は気づかなかった。

「来年は必ず。いや、今年か」

「はい。必ず」

矢守さんはどうしてマンションに……、と訊ねかけてやめた。かわりにアパートの屋根をとる話をするとたいそう矢守は喜んで、自分のマンションは結構住人がいると言った。奇妙な情報交換だった。

「木村さん、あの部屋好きでしょう」

「ええ、それは」

当てられてすこしうろたえた。

「いや、鐘を聞きながらね、ふと、木村さんはこの部屋を気に入っていたんだなと思いましてね。勘だけれど確信はありました」

「ええ。でもお客様に見破られるとは、修行が足りません」

「うん、僕も営業マンとしては優秀じゃないんだ」

矢守は妙な共感の仕方をする。

店を出て、矢守は家に江田京子宛の年賀状がきていると言った。前入居者であることを思い出した。

「商店とか、そんなに重要とも思わないけれど、捨ててしまうのも出来ないんで渡します。来ませんか。だめかな」

「いえ、ああ」

「休暇中でしょ。友人としてなんだからいいのでは」

「はい。そうします」

矢守に誘われると考えずに返事をしてしまう。後で思い返してもさほど反省もしないのが不思議だった。

玄関横の収納棚に志野だろうか、小ぶりの花瓶に万両が挿してある。

室内は、シンプルで片付いていた。カーテンや敷物はベージュ系でまとめられ明るい。人が住むと部屋は表情を変える。あたたかくなっていた。

「矢守さんのお部屋のほうが、ずっとお正月らしいです」

「そうですか」

矢守は寒いけれどと言って窓を開けた。空はちょうど夕暮れのおわりを告げているところだった。薄オレンジ色の雲が濃くなった空色に浮かんでいる。

「江田京子さんてどんな女性だったのかなあ」

矢守が年賀状を持ってきた。フィットネスクラブ、ダイエット食品、ネイルサロン。

「年末は、ダイエットマシンの会社から新製品の案内葉書がとどいてました。以前とは比較にならないほど短時間で脂肪がとれるんだそうです」

矢守は、喋る割には興味はなさそうだった。

「煎茶、大丈夫ですか」

「はい。でもどうぞお構いなく。すぐに失礼しますから」

「そう言わずに。せっかく休みの日に再会できたのですから、ゆっくり窓の外を眺めてください。正月で空もきれいです」

冬の冷気がひたひたと押し寄せてくるような気配だった。

「近くに干潟があるでしょう、野鳥公園。だからか鳥たちも多いですよ。まあ、鳥たちには境界などありませんからね。公園がどこからどこまでなんて。こうして空を眺めるのが癖になりました」

窓際には、大きな白いスチールの棚があり、シクラメンやサボテンや小さなパンジーの花に似ているのや、たくさんの鉢が並んでいた。床にも何鉢かある。

「矢守さんのご趣味ですか」

「他に誰がいるんですか」

「この小さな可愛いのはなんていうのですか。スミレみたいな」

「セントポーリア」

「かわいいですね」

「一鉢差し上げましょうか」

「いいえ、枯らしてしまいそうで。苦手なんです。なんかこう、繊細なのって。これは？」

薄くて丸い花弁が五枚、重なるように咲いている。縁が彩られているものや、小さな斑点の模様が入っているのもあり可憐だった。

「クリスマスローズ」

「可愛いです。名前もいいですね。色が、うまく言えませんが、やわらかい、やさしい感じで」

「これはキンポウゲの仲間です。アネモネは知っていますか」

「聞いたことはあります。仲間なんですか……」

「ええ。本当にいりませんか」

「ええ」

「残念だなあ。一方的に世話ばかりでもないんですよ。持ちつ持たれつなんだ。植物は静かだけれど多弁です。僕としてはそこがいいんだ。残念だなあ」

そう言われても、不愉快にならなかった。時折寺院の駐車場から車が出入りする砂利の音が聞こえてきた。矢守が淹れてくれた日本茶を飲みながら、冬の夕暮れの空を眺め、花のことなど喋った。ほとんど矢守が喋り私は聞き役だったが。

小雨がぱらつき始め帰ることにした。矢守は、もう帰るんですかと言ったが、それ以上は訊ねず、ぜひまた来てくださいといって玄関まで送ってくれた。傘はあるかと訊かれバッグから小さな折りたたみ傘を出して見せた。

「雨に濡れるのが幼い頃から嫌いで、いつも持ち歩いています。若い頃、可愛くないって友だちに言われましたけれど。でも雨は好きなんですよ」自分の内側を見せるのは恥ずかしかった。

例年、正月休み明けの小西不動産では朝に社長の挨拶が短くあるだけで、すぐに仕事に入る。学生の移動と企業の三月定期異動、春休みの引っ越しと続く。契約の更新もある。一年中でいちばん繁忙となる時期だ。更新の中には、無断で部屋中の壁とドアすべて黒色に塗り替えた独身男性がいて、金額の算定をする。なんども電話を掛ける。住んでいた本人は、何の自覚もない。第一声は「へぇー」だった。また、大学生が自分の住むワンルームマンションを事務所がわりに多数の少女を働かせていて、あまりに少女の出入りが多いので近所から警察に通報があるという騒ぎもあった。その合間に一日何件も学生と母親を連れて案内する。若い男性社員は社長が手を貸している。このシーズンを乗り越えられなければ、彼らも辞めていくだろう。疲れて帰ると食事もせず、化粧も落とさず眠ることがあり、朝、ひどい後悔に襲われる。それでも服装だけはきちんとする。商売だからだ。

門前町の交差点で信号待ちをしていると、ふと、日が長くなっているのに気づいた。五時を過ぎているのにとても明るい。春が近づいていると想い空を見上げると、矢守の住むマンションがあった。矢守はどうしているだろう。正月に出会ったきりだ。彼は実に悠々としているが。暇な営業部長などいない。朝はあの鉢植えの花に水をやっているのだろうか。スーツにネクタイ姿で水をやっているのを想像する。「おはよう」と話しかけているかも知れない。

後ろの車が、短く数回クラクションを鳴らした。

三月に入って仕事がひと段落した頃、季節はずれの寒波がやってきて、インフルエンザに罹った。一週間仕事を休む。嘔吐と下痢で一日だけ診療所に入院をし、点滴を受けた。帰宅して出て行った時のままの皺だらけの湿気たシーツの上に横たわった。薬を飲むときだけ牛乳を温めて飲む。いつか有名な女優がインタビューで、風邪の時、出前でとった鍋焼きうどんを三度温めなおして食べた時ほど侘しかったことはなかったと言っていたのを思い出す。

薬を飲んで休む。

叫び声で目を覚ましたが、声を出したのが夢の中か目を開けてからなのか判然としなかった。目を開けても夢の中とまったく同じ場所、同じ暗さ、寝ている位置もなにひとつ違わないからだった。ただ、ひとつ、足もとに立っていた乳児を抱いた女がいなかった。

しばらく動けない。

立っていた女は太った老女で、ふるいヨーロッパのお城にいる召使のような、たっぷりとした黒く長いドレスに小さな白いエプロンをしていた。頭にも帽子のようなものを被っている。顔がよくわからない。見えているのだが判らないのだ。奇妙な感覚。見知った人ではないようだ。乳児は女に抱かれていて、白っぽい産着のようなものを着ているが、新生児ではなく生後五、六カ月くらいにも思える。ぷっくりとしている。それはわかるが、顔はこれも見えているのに判らない。女は片手でその子を抱き、自分のふっくらとしている腹部にうまくその子の体重を乗せていた。もう一方の手にはハンガーを持っていた。加工がしていない針金そのままのものだ。そのハンガーをかなり振り回しながら、女は怒っていた。怒りをぶちまけている。何を言っているのか声が聞こえない。私は掛け布団を口のあたりまで引き上げて、首だけ起こしてその怒りにじっと耐えていた。まったく動けず、体中の力を振り絞って声を出した。その声で目が覚めた。

遠くに救急車のサイレンが聞こえ、大きくなり次第に遠ざかっていった。首筋に手をあててみた。じんわりと汗がにじんでいる。うすい胸の谷間に触れてみると、冷たい流れが指にあたった。はやく着替えたほうがいい、そう思いながらも動けなかった。あの女と乳児は何者だろう、なぜハンガーを持っていたのだろう。夢に理屈はないようで、それでもなかなか消えなかった。

佐野喜代さんを思い出す。彼女はなんどもこういう場面を潜り抜け、死に至る病とひとりで向き合いきれいに後始末も自分でしていなくなった。その強さはどこから生まれるのだろう。こうしてインフルエンザでもうぐらつく。これからどうなるのかと不安になる。健康を取り戻し、仕事に復帰し忙しく過ごしているうちに、この想いは遠ざかるのだが。若いときより間隔は明らかに短くなっている。不安の深さも比較にならない。

「休んでいたんですか」

出勤すると矢守から電話があった。先週電話をして教えられたという。

「油断をしてしまいまして。風邪です」

「大丈夫ですか」

「はい。もうすっかり」

再流行でこちらも多くの社員が休んで困っている、と矢守は言った。正月に会って以来だった。矢守の用件は、明日早朝から海外出張で、もし、よかったら、二日に一度くらい時間のあるときに水をやりに来てもらえないかというものだった。もちろん友人としてのお願いです。と笑った。枯らしてもかまいませんから。責任は問いません、と言われて引き受けることにした。先週なら会ってお願いできたが、電話で申し訳ない。鍵は西隣の奥さんに渡しておく。その鍵は帰るまで預かっていて欲しい。ということだった。いろいろ話しているうちに、出張の行き先を訊ねるのを忘れてしまった。


窓を開けると南風がはいってきた。ベランダ越しに下を見ると、桜は蕾をかなりふくらませていて、濃いピンク色のかたまりがいくつも浮かんでいるように見える。周りにこういう色彩がないので、美しいというより奇異な感じさえ受ける。このときの桜がほんとうはいちばん好きだ。燃えているように、生きものの力強さを感じる。咲く前の息吹のようだ。いったん開花すれば、可憐ではかない、淡い色を見せるのに。

テーブルの上にメモがあり、行き先はシンガポールで、たぶん一カ月くらいだろうということ。そして、花のことは気にせず空でもみていてくださいと書いてあった。嫌になったら鍵を受け取ったお隣さんにそう言ってもらえたら続きはやってもらえる、と。矢守はしっかり隣人とも付き合っているようだ。

窓際の鉢植えはどれも花をたくさんつけていた。正月より色鮮やかになっている。サボテンもその先に付けている紅い小さな花々も元気だった。以前、クリスマスローズと教えられた鉢には、花のないのもあったが、緑の葉に銀色の模様が入っているのもあって、それはまたきれいだった。受け皿には水を溜めないようにして欲しいと書かれてあった。難しい。やはり繊細なものは苦手だ。

指でそっと花弁に触れてみる。薄くて柔らかだ。雪のように真っ白な花弁もある。それにも触れてみる。

——しっかり前を向いて。そう、はい。手を振って。イチ、ニ、サン、シ——

園庭から声がする。行進をしているのだろうか。

――はい。向かい合って。両手を腰に。はい、ご、あ、い、さ、つ。ちゃんと笑って。しっかり笑って。つないで歩きます。右、左。離れて向かい合って。ご、あ、い、さ、つ。頭を下げて。しっかりちゃんと。笑顔でお別れしてください。離れて、そこ、モモ組さんの、前の、離れてください。ちゃんと離れないと、つぎのお友だちにごあいさつできませんよ――

床に寝転んで聞いていた。風は弱く暖かく心地よかった。マンションの隣のカレー屋から香辛料の匂いが流れてくる。

振り返らない。

先のことは考えない。

そう決めている。

――はい、さようなら。離して、手を。いつまでも握っているのではありません。さっと離します。あとで離し方だけ練習します。はい。歩いて。しっかり手を振って。はい、ご、あ、い、さ、つ。こんにちは。手をつないで。歩きます。はい、手を離して。さっと。さっと……――

きのこ

先に会社を辞めて起業した先輩の吉川活子さんに会って、会社での不満、平たく言えば愚痴だが、それらを口にすると、さっとひと言、とても早口で「もう辞めたら」とあっさり言われてしまった。うまく聞きとれず、聞き返そうとも思ったが、できなかった。以前いっしょの職場にいたときは不平不満を散々言い合っていたのだが。彼女はさっさとひとりで歩き始めている。こういう話題は好きではない、たぶん、そう言われたんだと思う。

活子さんは、ベビー服のリサイクル販売をはじめて大当たりしている。リサイクルの次はレンタルで、お宮参りからお食いはじめから初節句、誕生日から七五三などの衣装をカメラマン、美容師と連携して展開するそうだ。世の中では少子化と宣伝されてはいるが、そういう場所にこそお金が落ちている、儲かる隙間があるのだという。一人の子どもにかける単価は逆に上昇しているのだそうだ。特に若い年代の夫婦は、祖父母も加わって、しきたり事や服装、持ち物にお金をかけるらしい。親の職業や学歴も調査結果がでていて一定の傾向があるようだ。よく読む雑誌も判っている。そういうものなのか、私はただ黙って聞いている。

彼女は近い将来、独自ブランドでの新商品開発も視野にいれている。子どもの世界でどこまで稼げるのか。

「徹底的に稼がせてもらうわよ。少子化が改善されればそれもまたビジネスチャンスだし。どこでも子どもを見かけると、計算してしまうわ」

「お金に見えるんですね」

活子さんは熱く、それでいて冷静な口調で私に語ってくれる。淀みなくわかりやすく。なんだかプレゼンテーションみたいだとも思う。しかし、彼女の興味はいまや事業で、趣味も事業で、睡眠以外は休まなくても平気だそうだ。意欲満々、情熱が伝わってくる。仕事以外の話題は皆無だ。以前ならファッションや新しい化粧品のこと、テレビドラマや俳優の噂話、カラオケで何を歌うのかなど夢中で話したのに。かつて勤めていた老舗の薬品会社など、遠くはるか彼方に霞んでしまったようだ。

前に座っている活子さんを見ると、流行とは無縁の白いカッターブラウスにグレーのスーツだ。化粧などもしておらず、度の強い眼鏡は太い黒縁のセルである、にも関わらず、きりりとしたハンサムウーマンだ。熱心にしていた付け睫毛もまったくない。以前の彼女は、いかにして目を大きく見せるかに苦心していた。もちろんコンタクトで。どうしてなんだろう。

席を立つとき活子さんはさっとレシートをとった。あっという間だった。

「いいのよ。気にしないで」

支払いを済ます活子さんの後ろを通ると、「領収書をお願いします」と言っているのが聞こえた。

別れるとき、やっぱり辞めたほうがいいかなあと訊ねたかったが、できなかった。結局、彼女が「辞めたら」と言ったあとずっと彼女の話を聞いていた。今日会いたいと連絡したのは私のほうだったのだが。

私の愚痴の核心は、性が合わない部長で、本来なら二年で異動するはずが、五年経ってもまだ、同じ席、私から八歩のところに座っている。たぶん彼女はこの席で定年を迎えそうな雰囲気になってきた。

そういえば、活子さんに会うたびにこの部長の話を、不平不満、よくない話ばかりをしていたと思う。彼女が話を切ったのは、いまになってようやくわかった。私の考えることはこの部長とのことばかりだ。

活子さんと会った数日後、積年の我慢というか忍耐が音をたてて決壊した。全社部長会という会議の資料に作成した表計算が間違っていた。間違えたのは私だ。入るべき数字の場所が二つずれたのだ。私は近視に乱視で眼鏡をかけてはいるが、最近、パソコンの画面が見づらくなっていた。細かな数字をしかも夕刻になって見るのはつらい。派遣の若林さんに頼もうと思っていたら、部長の私用でデパートへ行ってしまった。単純な入力ミスで、わかる人は間違いに気づく。しかし、部長は私を呼び、総務部十五人全員の前で、

「なぜこんな簡単なことができないのでしょうか。また、なぜ気づかなかったのでしょうか。ミスは誰にでもあります。どうして見直さなかったのでしょうか、見直しを怠ったのでしょうか。怠慢でしょう。これならアルバイトさんにやってもらったほうがよかったのではないでしょうか」

人を不快にさせる嫌な丁寧な話し方だ。この語尾の「か」に力がこめられる。電気のこぎりで鉄板を切断するような声。こうなると彼女は止まらない。言っていることは同じ、エンドレスだ。日ごと長くなってきた。見直す、何度見直しても間違いに気づかないこともある。しかし、そんなことは言えない。ただ、頭を垂れて聞いていなければならない。

誰かが部長に用事を言うか電話が入るまで。

最近、部長はゴルフを始めたらしい。ストレス解消だそうだ。なんの効果もでていないのではないか。少し日に焼けてきたのか、そばかすが目立ってきた。ほほ骨のあたりとか鼻の先に目立っている。そういえば眼鏡も変えたらしい。スポーツ向きなのか縁無しだ。高価だな。——そんなことをぼんやり思っていた。他のことを考えていないと身体がもたない。

ここまでならこれまでと同じで、我慢できたかもしれない。

「こういうのを無自覚に提出するあなたの人間性を疑うわ」

と、その「人間性を疑う」という言葉に、私の体温が急速に上昇し、皮膚がみるみる赤く広がるのがわかった。

そのとき内線で役員に呼ばれて部長がでていった。何秒ぐらいか、しばらくことりとも音がしなかった。十五人のため息ともつかない息が洩れ、誰も私には声を掛けず再び仕事が始まった。私を集中して叱り、叱り方も度が過ぎてきた。トーンがまったく違う。みんなはそれに気づいているのだが、彼女が私個人を嫌うというよりは、ターゲットにされたと思うのが正確のようだ。防波堤になっている。私がいなくなれば、今度は自分に向かう

かも知れないと誰もが感じている。ので、なんとかこの役目を押し付けておきたいという
ことだろう。

消えた部長の背に広がっていた冬の青空に、ぽっかりと浮かぶ薄くて平べったい心細そうな雲を見つめていた。

活子さんの「もう辞めたら」は、私に一歩前に踏み出す勇気を与えてくれた。辛抱することと環境を変えることの間で悶々としていた。苔が生えるまでじっとしているのか、生える前に動くほうがよいのか、どちらをとるのか。揺れていた。

部長が上司となって胃潰瘍二度とストレス性大腸炎を一度患った。大腸炎のときは、医師から「昔は治療に肛門から風船を入れて膨らましたんですよ。くっ、くっ、くっ」と笑うのを見てさらに気分が悪くなり気を失いそうになった。「いやいや、いまはもうそんなことはしません」とあわてて言い直しはしていたが。

あとさきかまわず辞めるというほど若くもないが、ここが潮時、タイミングということか。退社願いというのをもちろん、生まれて初めて書いた。パソコンで、

私儀木村より子は一身上の都合により退社することを願い出ます。

と打ち、「、」をどこに打てばよいか分からず迷ってどこにも打たず、一週間後の日付と

名前だけボールペンで書き込み、捺印がいるかと思ったが、それはいらないと三つ折にして市販の白封筒に入れた。糊付けしようか迷ったが、折ったままにした。訳もなく一週間後の日付にしたが、一週間はすぐにきてしまい、本屋で退職願いの書き方を立ち読みすることも書き直しもしなかった。

総務課長は四十代半ばでもうすっかり老けている。若さはたぶんこの会社が吸い取ってしまうのだろう。洗濯しすぎて薄くなった白いカッターに、ねずみ色のズボン、そのポケットはほころびている。ゴム底がいびつに減っているサンダル履きに五本指の靴下だ。課長は驚いて「結婚するの？」と訊ね、いいえと答えると急に醒めた口調で「この不況によく決心したね、次、なにかあるの？」ニタッと笑っていった。なんにもないだろう、という答えを知っているぞという笑い。引きとめないぞということだ。私は無言で頭を下げた。これが二十年近く正社員として働いてきた者に対する質問かと心の中で叫んだ。私の退職願の白封筒は、課長の机の浅くて幅広の鍵のかからない、左端には消しゴムやペンが入っている、そういうところにしまわれた。開け閉めするたびにきっとなにかしら薄汚れるだろう。

部長に呼ばれると思ったが一切なく、課長が面談で再度確認し、二月いっぱいということとで話がついた。退職願いを出したのは一月末である。寿退社でもなんでもなく、部長に執拗に攻撃された私の送別会は、親しかった五人ほどが発起人となり会社近くの居酒屋で二次会もなく終わった。いつだったか評論家という女性がテレビで、男女雇用機会均等法ができ、寿退社という言葉はなくなったときっぱりと言っていたが、よくそんなことが堂々と言えるもんだと感心する。

最後の日、私は日中普段と変わらず仕事をし、引継ぎなどパソコンを見ればわかるからなにもなく、みんなが帰ったあとに私物を片づけ、ロッカーの掃除をして帰った。在職十八年と十カ月。新入社員として挨拶をしたことをちらりと思い出した。職場全員が笑顔で拍手をして迎えてくれた。あのときの気恥ずかしい晴れやかさ。にぎやかな歓迎会もあった。そうだ。そのとき今の老けた総務課長は、「木村さん、チャンスっていうのはピンチの顔をしてやってくるんだよ」と言ってくれたっけ。退職をするといったときから部長の金切り声がしなくなっている。最初は彼女が悔いているのかとも思ったが、そうでもなさそうだ。私はリストラをされたのかも知れない。

先輩の活子さんには退職願いを出したときと、送別会から帰った夜にメールで報告をしたが、今後のことは訊ねられもしなかった。どうもあの時、「辞めたら」と言ったことすら忘れているように思う。それとも聞き間違いだったか。

確かに、活子さんのひと言は私の背中を押した。けれど「うちに来たら」とは言われていない。心のどこかで何かしら期待というほどでもない甘えがあったのかもしれない。しかし、そんなに甘くないことも十二分に承知している。自分で決めたことは自分で責任をとる。

ハローワーク通いもさほど嫌ではなかったが、何かしら思いが漠として具体的な行動に出られない。職員の人は切迫した人たちの対応で忙しく、私のような好き勝手に辞めた人間は勝手に探せということのようだ。もっともだと思う。なんだかんだといわれると思っていたので、拍子抜けはしたが。

私は辞めたくて辞めたのだ。わずかな退職金と何の趣味も持たなかったお陰の預貯金、貢ぐ男もいなかったために引き出す機会を失ったことも含む。よって、今日明日は食べられそうだ。そうのんびりもしていられないが。とにかく国民健康保険の手続きだけはしないといけない。身体に自信がない。すぐにのどが痛くなる。秋から冬、冬から春にかけてずっと鼻水がでる。鼻炎持ちだ。梅雨から夏にかけて少し体調は上向くが、暑いのは苦手だ。胃腸は常にそのありかを意識している。皮膚は乾燥肌。花粉症はスギ、最近イネにも反応する。埃にも弱い。腰痛は十代からだ。いつごろからか夕刻になると視力が悪くなる。肩および肩甲骨も痛い。

アパートから、歩いて八十歩の小さなパン屋へ食パンを買いに行く。この店で言うところのフランス食パンというものだ。四枚切りの厚さで二枚入った袋をとる。この店でたぶんいちばん味がシンプルで、とてもおいしい。添加物が入っていないので他の食パンに比べて安い。おいしくて安い、不思議だ。店の主人は、私の顔を見ると少しだけ頭を斜めに下げる。ほぼ二日に一度このパンだけしか買わない客として。

ここは、ご主人と奥さんとふたりでやっている。店内は五、六坪ぐらいか。三歳くらいの女の子がいるが、奥さんはお腹が大きかった。それもかなりの大きさだった。ここ何日か見ていない。生まれたのかも知れない。

カウンターに行くと、レジスターの側面にアルバイト募集の小さな張り紙がある。朝六時から午後一時までとある。ハローワークで身にしみたのは、なにも資格がないことと年齢だった。その二点を彼に訊ねると笑って、声を出して笑っているのをはじめてみた。そんなのまったく問いませんという。

「私が応募してもよいですか」というと、彼はとても驚いて「お勤め辞められたのですか」という。勤めているのは知っていてくれたのか。そういえば、帰りになにも作る気がせず、閉店ぎりぎりに売れ残りのパンを買って夕食としたこともあった。ええ、まあとお茶を濁し、とにかく履歴書を書いてきますと言った。帰って便箋に主だったことを書いて再び行くと、主人はご丁寧になんども頭を下げて読み、驚いて本当にお辞めになったのですかと言う。ええ、まあとさっきと同じ答えを言い、

「来ていただけるのならこんなに心強いことはありませんが、ただ、時給が――」

「この張り紙に書いてある金額ですよね」

「ええ、そうなんです。うちではこれぐらいしか出せません――」

彼はとても申し訳なさそうに便箋に目を落とした。私はこの時給で結構ですと言い、お願いしますと頭を下げた。知らないところではない、奥さんもよく知っている。思い出したので彼女のことを訊ねると、彼は私を見て嬉しそうに生まれましたと答えた。それでアルバイトを募集するのだ。

「ひと月ほど早かったんです。前からわかっていたのですが女の子の双子で。準備はしていたのですが、かなり大変で、いま、まだ入院しています。店に立っていたのがわるかっ

たかなあと思っています。チカも、上の娘ですが、まだ手が掛かるので。無理させたかと反省しています」

住まいはこの店の上階、マンションになっているのだが、そこにいま実家からおかあさんが来ているという。

「おめでとうございます。わあ、それは――」

大変ですね、と言いそうになり言葉を呑んだ。女の子三人である。

「早朝六時、大丈夫ですか」

「はい。近くですし」

「九時か十時頃、少し客足が空きますので休憩とってもらっても結構です。あとレジは――」

ガラス張りの奥には、ステンレスの調理台や流し台、大型のパン焼機や業務用冷蔵庫がぎっしり並んでいる。よく見ると、アンパンやドーナツはあるが、街中のおしゃれなパン屋にあるケーキのようなデニシュ類はない。店内も可愛い飾りつけなどなくこざっぱりしている。子どもの頃、朝、起き抜けによく買いに行かされたパン屋の風情があった。そういえば、パンの匂いもそうだ。私がこの店に来る理由は、このあたりにあるのかもしれない。

説明はあっという間に終わった。私より先に彼が「よろしくお願いします」と頭を下げ、慌てて私も頭を下げしばらくふたりで頭を垂れていた。

採用決定まで十分もかからなかった。宅配事務所の早朝なら時給千円のところもあるが、住まいと職場がこんなに近いところはない。とにかく朝六時から午後一時までの居場所は確保できた。慣れれば夕方からもうひとつ仕事を探そう。取っ掛かりとしてはとてもよい仕事場だと思う。

奥さんはあの大きなお腹でも予定日より一カ月早かったのか。新生児は低体重なのだという。そういわれても私にはさっぱりわからない。いま、赤ちゃんは体重どのくらいで生まれてくるのだろう、三〇〇〇グラムぐらいだろうか。私は何グラムで生まれたのか、忘れてしまった。標準より少なかった。母親は高齢出産だった。パン屋の双子の低体重というのは二〇〇〇グラムぐらいか。それでもふたりだと四〇〇〇グラムになる。ヒトはどのくらいの体重でこの世に出れば生きていけるのだろうか。しかし、三歳ぐらいの女の子に新生児双子は単純に考えても大変そうだ。活子さんなら、彼女らを見て円マークが浮かぶのだろうか。

――別れがあるから出会いがあります――

なんの宣伝カーなのか、その箇所だけが聞こえてきて走り去っていった。気がつけば三月だ。世の中は、卒業やら新たな旅立ちやらで騒がしい。

明日からの出勤が決まって、少し心の余裕ができてきた。ぶらぶらと幹線道路を三十分ほど南に歩いてJRの駅に着く。ここは単線で、大きく蛇行する川沿いをゆっくり走る。運行は一時間に一本もないが、途中梅の名所や温泉ややきものの窯とみどころがあって、けっこう乗客は多い。三十分待って乗車する。

平日の昼過ぎではあったが、四両連結の車内には客が多く、ハイキングスタイルの高齢者が大半を占めていた。たぶん観梅の人たちだ。服装も靴も本格的なトレッキング仕様で、帽子やリュックもコーディネートされておしゃれだ。

単線は行き違いの待ち合わせで、駅ごとに五分待ちとか三分待ちで、乗っている時間は長いが距離はそれほどなく、四十分ほどで隣の隣町、そうなるともう村になるのだが、梅の咲いている駅に着く。降りた列車をホームで見送る。子どものころほどではないが、列車がゆっくりと小さくなっていくのをみるのは好きだ。誰もいなくなったホームに立っていると、ほんのりと梅の香りがしてきた。

フェンス越しに見下ろすと、駅舎前にある紅白の梅の低木が満開だ。ホームは高所にあり風は強いが見晴らしは素晴らしく、山間にある小さな家々が梅の木々の間に点在しているのが見える。観梅というと、特定の場所、どこかの庭とかになるのだが、ここは村全体に梅の木が植えられていて歩けば梅が見られ、また、ほのかに香ってくる。いくつかの梅林もある。村の中央に狭い川が流れていて、その渓谷全域にも梅が咲いている。残念ながらこのホームからはみえない。この駅は、村のいちばん端に位置し駅前にもなにもない。

ハイキングスタイルの、元気でにぎやかな人たちといっしょに駅から循環バスに乗る。窓越しに受ける陽射しはたしかに春で、適度な振動が心地よく眠気を誘う。同乗の人たちは、梅を見るたびに歓声をあげて右を向いたり左を向いたり忙しい。そのたびに笑うのはどうしてだろう。

この村では二月、三月の二カ月間が梅まつりで、一年でいちばんにぎやかで人出も多い。あとの十カ月は人も車も少なく、ただただ静かな村になる。冬は長く冷え冷えとし、積雪もある。

終点の村いちばんの繁華街に着く。といっても車がすれ違うのも大変な狭い通りの両側に、何軒か個人商店が並んでいるだけなのだが、最近はバス停の前に、地元のものを販売する観光者向け土産店もできている。これもたぶん二月、三月だけだろうけれど。ふだんは八百屋さんや雑貨屋さんも、このときだけは店先でいろいろなものを並べる。梅を甘酢でつけたものや、こんにゃく、手作り味噌などだ。あとは炭火で餅を焼いたりする。草餅のヨモギがこげる匂いにはいつも我慢できなくなる。その場所がだいたい同じなので、毎年同じ店で買うことになる。店先で若嫁さんが少し気づいてくれたのか、あっという表情をし、「どうぞなかで食べていってください」と言いながらも、厚手の軍手をしている手はずっと餅を焼いている。若嫁さんだと知ってからでも十年以上は経つ。小柄だがよくとおる声で、彼女は毎年店先に立っている。ジャンパーを羽織り炭火があるとはいえ寒いだろうと思う。私は、一個買ってこの店の中に入る。食料品店であることは間違いないが、この期間はもう、仕入れなどしていないのではないだろうか。レジ近くにしょうぎを並べて腰の曲がった、補聴器をかけているおじいさんがニタッと笑い、立って出迎えてくれる。「ああ、ようおいでなさった。どうぞかけてくだされ」と勧められる。おじいさんとも毎年会っているが、初対面の挨拶だ。おじいさんは、脇に白いラインが入っている暖かそうなジャージの上下を着ている。なんだかおろしたての匂いがしてくる。歩くと少しかかとが浮きそうな、灰色のスニーカーも新品のよう。これにも白のラインがある。速く走れそうだ。震える手でお茶を淹れてくれる。

「このお茶はひげ茶と言うて――」この説明も毎年同じだ。

「まだまだ寒くてかなわんが、今年は花のつきがいい」

これも毎年聞く。時々おばあさんが売れ具合を確かめに奥から出てくるが、おじいさんの連れ合いにしては、しっかりしていて腰もしゃんとしている。美容院に行きたてのきれいな髪に化粧もしている。若嫁さんには心なしか口調が厳しい。

居心地が良いのでずっと座っていたくなるが、まだ梅を見ていない、と言い聞かせる。客が飲み終えた茶碗をおじいさんはゆっくりと立って少し震えた手で盆にのせる。片手で持った盆は斜めになって茶碗は落ちそうになって危ないと思うのだが、そこはなぜか落ちない。

「ごちそうさまでした」おじいさんに深く頭を下げる。おじいさんも「ありがとうございました。ゆっくり見ていきなされ」と言ってくれる。若嫁さんにも「ごちそうさまでした」と言う。若嫁さんは「ありがとうございました」と私にではなく、歩いている人たちに宣伝しているごとく元気な声で見送ってくれる。昨年とかわったことはなにもなかったような気がする。

狭くて急な坂道を登る。歩くところはあらく舗装はしてあるが、デコボコだ。登りきると梅林があり、眼下にくねくねと蛇行している狭い川が流れているのが見え、正面の斜面に梅林が広がっている。斜面全体が梅の花に見える。ふんわり浮いているような、感じだ。白いものから濃い紅色までさまざまな色が混ざり合っている。向かい側の斜面はもう日が翳っている。霞がかかっているような、なにかが積もっているような。香りはここまで届かないが、立っているところも梅の林で存分に香ってくる。

思いっきり深呼吸をする。もうひとつ。身体の内から梅の香りがすればどんなにいいだろう。

坂道をのぼったりくだったり、時には個人の家の裏庭に出てしまったりしながら村の中をゆっくり、ほぼ半周する。

——無料原木生しいたけ試食——

のぼりが立っている。去年は見かけなかったように思う。のぼりの下にある矢印に導かれるように歩いていくと、古くて大きな農家の前にたどり着いた。歩道から急坂を登ると広い前庭に大きなテントがふた張りあって、長机のうえには干ししいたけや生しいたけが並べられている。原木がおいてある。

テントの外、庭のちょうど中央に大きな低い木のテーブルの上で、大型のホットプレートを前にしてうつむいているおばあさんがいた。小柄なおばあさんは、よく魚釣りをする人たちが座る、折りたたみの小さなイスに座って背中を丸め、テーブルの上の大きなホットプレートに四分の一に切った生しいたけを並べている。一度に四、五十枚は焼けるだろうか。大きさがいろいろなので、きれいに並べることはできない。並べ終えるとガラスのふたをする。みるみるガラスはくもるのだが、彼女はまったく関心がないようにホットプレートの周囲に食べ散らかった紙皿と割り箸を集めてごみ袋に入れている。そして布巾でさっさっと拭き、水滴で濡れたガラスのふたをもちあげる。と、周囲にバターの匂いが漂う。なんと、バターを使っているようだ。無料試食なのにと、すこし驚く。おばあさんは汗をかいた生しいたけを菜ばしでつっ、つっ、と手際よく裏返し、チュッ、チュッと軽く押して焼き目をつけ、一枚ずつまたひっくり返して一息ついたころ紙皿に二枚ずつ入れると、ホットプレートの前に群がっている客たちに手渡す。大きなものは一枚と小さなものとの組み合わせ、中くらいのものは二枚、と、早い割に平等、正確だ。そのうち五十枚はすぐになくなる。座っている人だけでなく立っている人たちも手を出すからだ。おばあさんはひと言も喋らず、にこりともしない。不機嫌そうに見える。すべての生しいたけを配り終えると、足もとにある筒状のキッチンペーパーをとり出し長めに切り、プレートをきれいにふきとる。そうしてしばらくすると、黄色のパッケージのバターをたっぷりと落とし入れる。それは、機械的に黙々と作業を行っているといった感じだ。客たちは食べ終えると紙皿を置いたまま立ち去る。そのタイミングを見計らってテントから声がかかる。

「どうぞ、原木しいたけはこちらで販売しております」

テーブルには、紙皿や割り箸が散乱したままだ。おばあさんは動き始める。私は帰ろうかとも思ったが、バターの匂いに迷っていると、前の人が黙って急に立ち去ったためつい一歩前に出ておばあさんの正面に座ってしまった。が、彼女はまったく視線を上げない。私は目の前の皿を片づけた。ちらりと彼女が見たように思ったが、気のせいかも知れない。私は挨拶をした。

「こんにちは」

今度は、おばあさんはしっかりと私を見た。一瞬ではあったけれど、視線が合って私は頭を下げた。さきと同じ手順で作業も続く。私の前にも紙皿が置かれた。しいたけ二枚の下に、隠れてもう二枚ある。隠されたしいたけは四つ切ではない、一枚ものだ。間違いだろうけれど、言うのも大げさすぎる。黙っていただく。隣の人にも、その隣の人にもおばあさんの手は休まない。無表情のままだ。肉厚の生しいたけはおいしい。あつあつで、バターたっぷりで。

少し離れたところに大きなやかんがあって、お茶まである。紙コップがまたまた散乱しているので、片づけながらお茶を入れて席に戻る。なんとサービスがいいのだろうと手もとの紙皿をみると、食べたはずのしいたけがある。それも二枚の下にうまく隠されて三枚、その三枚は一枚もの。合計四枚も。驚いておばあさんをみたが、彼女はうつむいたままだ。私は頭を下げ食べた。やはりおいしい。いくらでも食べられそうだ。にっこりして「ごちそうさまでした」と深々と頭を下げ空き皿を持って立ち上がった。話してみたかったが、まだ順番を待っている人たちがいる。

おばあさんが私を見上げた。横にも縦にも深くて長い皺がある。皺の中に目や鼻や口がある。日に焼けた肌は、農作業の長い時間を物語っている。小さな瞳がふっと微笑んだような、明るくなったような気がした。これも一瞬ではあったが。

お孫さんなのか、小学生くらいの男の子が四つ切にした生しいたけを山盛り入れた餅箱を運んできた。勢いよく置いたため、少ししいたけが地面にこぼれた。おばあさんは不機嫌そうに口を尖らせてそれらを拾った。何かを呟いているようにも見えたが、私には聞こえなかった。テントから大きな笑い声が響く。それを聞いたのかどうか、おばあさんの背中が心なしか丸まったように思った。私はテントには寄らず、やかんのお茶をもう少しいただいて、追加しいたけのお礼に散乱したコップをゴミ袋に入れた。おばあさんの不機嫌さは、客のマナーの悪さだけではないようだ。

駅までのバスを梅の香りの中で待つ。この山間の村の日暮れは早い。それぞれの店も仕舞いはじめている。観光客はもうほとんどいない。お腹はほどよく満たされている。明日からは五時起きだ。生まれて初めてレジを打つ。店員は経験がない。新しいことに挑戦するのに、パン屋とはなかなかいいではないか。あの出来立ての匂いは、人を幸せにしてくれる。小さなお店も素敵だ。部長の金切り声と比べ物にならない。リストラなら、あんないじめというか嫌がらせなどせずそう言ってくれればよかったと思う。けれど、向こうから切り出せば、退職金にいくらか上乗せしなければならないのだろう。ふと、部長の姿が浮かんだ。それはなぜか職場での彼女ではなく、ゴルフ場でスイングしている姿で、太い二の腕が出るフレンチスリーブのピンクのポロシャツにタイトなパンツ姿で、サンバイザーをしている。その表情が引きつっている。楽しそうにはみえない。部長と出会ってはじめて浮かぶ表情だった。

翌朝は、目覚ましが鳴るよりはやく目が覚めた。窓の外はまだ夜が明けていないのかと思ったが、そうではなくよく見るとどんより曇っていた。そのためかなんだか暑い。身体も熱かった。着替える前にトイレに行き顔を洗おうと鏡をのぞくと、顔が赤い。おかしいと思ったがとりあえず顔を洗って着替えた。もういちど鏡をみると先とは違い、ポツポツと頬や額、顎のあたりまで湿疹がでている。驚いて両腕の内側、太腿をみると赤い斑点がでていた。お腹の辺りは、もう地ばれがしている。見る見る間に全身が赤い斑点で覆い尽された。手の甲も指も指と指の間もだ。人相がかわってきた。湿疹だろう、何かにかぶれたのだろう。それに間違いはなさそうだ。

まずい。どうすればよいか。出勤初日ではないか。あの若主人は、段取りをして待ってくれているだろう。きっと奥さんにも報告をしてよかったと言い合っていたかも知れない。げんきではある。いまのところ吐き気や他の症状はでていない。まったく気力に衰えはない。が、パン屋でこれはないだろう。とにかく、店に行きこの顔をみせて納得してもらうほかはない。原因を考えるのと病院に行くのは、その後だ。

足取り重く五時半にアパートを出る。言うなら、というか見せるなら早いほうがよい。店のカーテンは閉まっていたが、なかの明かりはもう点いている。つつましくドアをノックする。ご主人が、なかからどなたですかと言っている。名乗ると、ああ、と明るい声がしてカーテンが開けられた。彼は私を見つめ続け、次の言葉が出てこないようだった。

「どっ、どうしたんですか」

開けたカーテンの端を持ったまま訊ねる。

「原因がわからないのですが、ご覧のとおりです。本当に申し訳ありません。朝いちばんに皮膚科にはいきますが、顔のがひくまで一日二日待っていただけませんか」

彼はどんな返事をしていいのか困ったようすだったが、「もっ、もちろんです」と言ってくれた。きのう散歩をしていて、なにか植物にかぶれたのかも知れません、と言っておいた。電話でなく顔を見せたために、彼も納得してくれたようだが、湿疹は先よりもにぎやかになっている。病院の帰りにまた寄ります、といってアパートに戻った。ついてない。心底思う。パン屋に断られるだろうか。それは嫌だなあと思う。不注意といってもこれだけはわからない。

名前を呼ばれて診察室に入る。背の高い白髪の医師は、もう何十年来の付き合いだ。イスに座っているときは、すこし猫背になるのも昔からだ。カルテを見ながら私を見ずに、「どうしました」というのは医師の習性か。まず顔をみろとしばらく黙る。ふっと視線を上げ顔を見た彼は、ほーっと感心した声をだす。鯖など青魚貝類も食べていません。薬も飲んでいません。と説明し、心当たりがないといった。続けて、昨日梅を観に行きました。何か植物にかぶれたんでしょうか。でも、覚えはないですと続ける。聞きながら老医師は他もみせてくださいというので、まず、腕まくりをして見せ、ひじ下も見せる。

「ああ、これは――。背中もでていますか」

「はい」

「じゃあみせて」

私はブラウスを脱ぎTシャツをめくり上げる。

「ああ、きついなあ」

「先生、太ももがひどいんです」なぜか私は勢いづく。

「どれ、みせて」

ジーンズをおろしてみせる。

「ああっ――」

老医師は驚嘆と感嘆が入り混じったような声を出し、身を乗り出してじっと見つめる。

「木村さん、生しいたけ食べなかったか」

驚いた。なんということか。それなら心当たりがある。

「しいたけなら心当たりがあります、食べました」

「どのくらい」

「えっと——」

ホットプレートを前にしたおばあさんの姿が浮かぶ。最初はふつうに。二度目も——。

思い出しながら言う。

「たぶんしいたけですね。その枚数では珍しいけれど、木村さんはしいたけでるから以後気をつけて。いちどにたくさん食べないように」

「はい」

「かゆい？」

「はい。とても。食べてはいけないというのではないのですね」

「そう、それはない」

「かゆいならお薬だしておこうか。いま、お薬何か飲んでいる？」

「いえ。何も」

「ああ、いたって元気」

「いえ、元気では――」

「車運転しますか」

「いえ」

「じゃあ飲み薬を出します。眠くなるかもしれませんが」

「はい」

「あっ、妊娠していますか」

老医師は返事を聞かずにカルテに記入している。わかっているとでも言いたげだ。私はむっとして「いいえ」とうめくように言い、診察室を出た。いつか「はい」と言って老医師を驚かせてみたいと思う。
二、三日でおさまるようだ。帰りにもう一度パン屋に寄って事情を説明し、明日一日だけ休ませてもらうことにした。彼は、笑いたいが笑ってはいけないと我慢しているようだった。二、三日でよかったと無理をしてなぐさめてくれる。もう一度頭を深く下げ、店を出た。
スタートから躓いたが、仕方がない。おばあさんの好意だ。誰が悪いのでもない。わが身の免疫力が低下していたのだろう。会社のオフィスと部長の姿が浮かんだが薄く、すぐに消えた。もうでてこないような気がした。パン屋に出勤すれば、挽回の働きをしようと思う。

アパートに帰っても何もすることがない。テレビをみる。午前中でも二時間ドラマの再放送をやっている。タクシーで、東京から神戸に行く人が本当にいるのかと思いながらもみてしまう。

昔、おばあちゃんが言っていた。身体の外にでているということは、内にもでているということ。食事は消化のよいものにして養生するんですよと。あれは麻疹か水疱瘡か。鰈の煮付けと梅干、白粥は我が家病人食の定番だった。そんなごちそうをする気もなく、のこっていた海老煎餅を食べる。活子さんと電話で話したいが、仕事中だろうから昼間時間のある修子さんにしてみる。彼女も大切な友人のひとりだ。

「ついてません」

あらかた説明をして最後にこういうと、修子さんは引き気味の笑いに加え、鼻水がずるずる流れているのが聞こえてきた。彼女は、ここ十年来自称六十二歳だ。昼間は自宅のアトリエで帽子を制作している。

「それはどうもお気の毒さま。生しいたけは、他の人からも聞きますね」

「朝よりはいくらか落ち着いてきました。明日一日休めば大丈夫です。初日から躓いたのがなんだか悔しいです」

「次にはいいことがあるわ」

「直ったら少し飲みませんか」

「より子ちゃん、あなたね、そういうのんびりしたことを言っているから躓くのよ」

「はぁ――」

「あなたもわたしもいつ死ぬのかわからないのよ。残りの時間考えたら、のんびりお酒なんぞ飲んでいられると思う？　もっと時間を大切にしなさい」

修子さんは、また何か新しい考えになったなと思う。

「何か、はじめられたんですか」

危うく「また」と言いそうになるのを抑える。

「いいえ。ただ、陽のあるうちは身体を動かし、夜になれば静かにすごす、当たり前のことをやっているだけよ。二日酔いで胃腸を壊してぼんやりと後悔で一日を無駄に過ごす、そんな暇はもうないのよ、わたしたちは」

この前までは、確か身体に訊いてみて拒否されなければ、好きな時間に好きなだけ飲んで食べればいい、心の赴くままとか言っていたのだ。それにしても、彼女の言う「わたしたちは」が気になる。私も含まれているのか。

「なにをされているのですか」

「わたしは、毎朝座禅をしに近くの禅寺に行っているのよ。どう、あなたも来てみない？」

「いえ、早朝はパン屋があるので」

「ああ、そうだったわね、あなた般若心経は知っているんでしょうね」

「――いえ――、ちょっとわかりません」

「現代社会に生きるものの常識よ。肝心なのは、時間がないってことなの。もっと時間を惜しんで――」

わかるような、わからないような。

彼女は、いつも自分が知った世界が最上級で、すべてとなる。それ以外はまったく認めない、中間はない。わかりやすいが、移ろうのでついていけないときがほとんどだ。

「修子さんの学びの精神は、すごいですね」

「人間生きているうちにしか学べないの。死んだらできないのよ。それをよく知りなさい」

「はあ」

「あなたも、もう少ししっかりなさい。その他人に頼る性格、やめたほうがいいわよ」

「はあ」

「はあ、はあって、わかってるんだかわかってないんだかわからないわよ。じゃあ切るわよ」

怒っているみたいだが、彼女はこういう物言いなのだ。それよりたくさん喋ったのに、活子さんを当てにしていたところをしっかり指摘された。さすが人生の先輩である。

活子さんを頼ってはいない。と、もう一度心の中で強く言う。

とにかくよくわからないが、次の考えになるまで修子さんとは飲みにいけないということだ。私としては活子さんと修子さん以外の人と、ゆっくり心から楽しくお酒を飲めない。友人は数ではない。相性だ。性格などでもない、他の社会的条件、たとえば年齢や性別、収入や職業、そんなものはまったく関係がない。これは、ここまで生きてきた私の答えだ。

買い物をしておこうと思ったが、こんな人相なので夜になるまで待つことにする。午後の二時間ドラマは、葬儀屋の殺人事件だ。なんと五人も続けて殺された。本当だったら大変な騒ぎだ。薬が効いているのか、いつのまにか眠ってしまった。

夜になって、すこし腫れがおさまってきたように思う。身体の熱さもひいてきた。深夜零時まで営業のスーパーは、十時以降、最後の値下げになる。品数もしっかりあるので、とにかくそれをねらう。

店内は夕方並みの込みようだ。ひょいとカゴをとりビールを少し。第三のビールにする。薬を飲んでいる間は自重しなければならない。そう思うと皮膚科の老医師の姿が浮かんだ。湿疹をじっと見つめる大きくて丸い瞳。プロなのに、いちいち「わあ」とか「ひゃあ」とか驚いている。これぐらいの湿疹を診たことがないわけではあるまいし。しかし、診ただけでしいたけとわかるとは。この世の中には数え切れないほどの食品があるというのに。少し見直す。

脂肪ゼロのヨーグルトと、朝食の野菜はトマト。どちらも特売の赤いテープの貼ってあるものにする。ずいぶん魚をたべていないと思う。塩干は塩分が気になるので、生魚の切り身にする。夕方になると足が浮腫む。ふと、レジを見るとかなり並んでいる。開いているレジの数が夕刻に比べると半減している。

殺伐とした空気がレジ付近に流れている。並ばなければ終わらない。

ここに並んでいる人たちは、老若男女主婦たちと日中のスーパーと変わらない。走り回る子どもたちの多さもだ。加えると、スーツをはじめ、各職業のユニホーム姿の男女が年齢に関係なくいるのが特徴か。時間がわからなくなる。

なんとか支払いを済ませても、商品を詰め替える台がまた混んでいる。しばらくカゴを持ったまま立っている。

少しの隙間にカゴを置いて持参した折りたたみバッグを広げていると、誰かが私のカーディガンのすそをひっぱった。

「お母さん、お母さん、ちょっとこれ見て」

視線を下げると、そこに三、四歳ぐらいの男の子がいる。この混雑で母親とはぐれたのか。まず返事をと思い、「なあに」にっこりとして彼をみた。その男の子は私を見て愕然とし、すぐに恐怖の相をし、怯えた。

「お母さん！　お母さん！　どこ？　お母さぁん！」

彼は叫んだ。震えて泣き出す寸前だ。いや、もうほとんど泣いている。すると私の左側にいる女性が、彼にとっては私が壁になり見えなかったのだろう、その女性が実に落ち着いた、冷静すぎて少し怖くなるくらいの声で、「ここにいます」といった。彼女は、カップ麺や小袋のスナック菓子、菓子パンなどを大量に詰めている手を休めていない。ピンクのユニホームに紺のカーディガン、白いストッキングに厚底のサンダルで、どこから見ても看護師さんだと思う。子どもの声とあまりに対照的だったので、私は少し笑った。男の子は安堵したのか、再び私のカーディガンのすそを引っ張り、「これなあに」と台の上においてあるさまざまなチラシ、応募ハガキのひとつを指さした。

ズボンの両膝にはウルトラマンのアップリケがしてあるが、それももう破れている。ウルトラマンはよく戦っているらしい。上着のトレーナーは、今日一日食べたもののヒントがある。ケチャップらしきものとソース、青海苔。素足に運動靴のその靴も、本日の悪戦苦闘を物語っていた。かなり活発で元気な男の子のようだ。よく日に焼けている。

「それは、ミッキーマウス」

「これは?」

「ミニー」

彼は、指差すたび台に両手をついて、ぐっと飛び上がらなければならない。

「これは?」

「それは、ドナルドダック」

彼は何回かに一度、台に足を掛けてあがろうと試みるが、非力なためできない。再び台に手をつき、お腹に体重をかけなんとか指をさす。しかし、私が知っているキャラクターはこのあたりまでだ。続けて訊ねられるとまずい。

「これは？」

「これはプーさん。くまのプーさん。プーさんの好物はハチミツです」

知っていてやれやれと思い、ふと彼を見るとニタッと笑っている。答えをわかっていて訊ねているのか。なんとまあ。次の標的をさしているが、怪獣はさっぱりわからない。悔しいが知らないと答えると、素直に台から下りゲームオーバーとなった。

商品の詰め替えは、一人暮らしの私のほうが早かった。私は男の子にじゃあね、じゃあ、さよならと言った。と、彼がすーっと後ずさりをした。母親の向こう側に隠れるように。手を動かしながらも母親が、「さよならを言いなさい」と厳しい口調で言ったが効果なく、彼は私を見つめたまままさらに移動し、冷蔵品を持ち帰るときに使う製氷機の、彼にも手が届く低さのハンドルを両手で引いて開け、中の氷を素手で触った。気づいた母親が、「もう、何やっているのよこの子は。さわっちゃだめ。閉めなさい！」

彼は、それでも氷の上に手を置いている。口にする氷ではないのでそんなに怒ることもないと思いながら、私は彼のところまで行き顔を覗き込んだ。
彼は両頬を少し赤らめながら、はにかんでいた。
この男の子は、「さよなら」の意味を知っているのだ。だから言わないのだ。
「さよなら」の意味――。
私は小さく手を振り、背を向けた。

# パーティー

年上の友人である哲子さんからの電話は、勤め先とマンションの往復以外これといって特別なことがない身にとっては、刺激的な内容だった。

三十年間別居していた夫と同居することになった。ついては岬のホテルでごく内輪のパーティーをするので、一泊の予定で来て欲しいというものだった。

彼女と知り合って二十年以上になるが、独身とばかり思っていた。住まいである街中のマンションにも何度か行ったことがあるが、ひとり住まいであり、もちろん別居なのでそういうことだが、彼女の話の中にもまったく夫であるような男性の気配がなかった。彼女はマンションの一室をアトリエにして彫金の仕事をしているが、それで生計が立っているようにも見えず、けれどとても優雅な暮らしぶりだったので、たぶん、もともと裕福な家だろうと受け取っていた。奇妙な心持ちになった。いや、彼女は彼女であって、隣にどんな男性がいようとまったく関係はないのだが。だが、やはりひとりとふたりはまったく違うようにも思える。

――素敵なこと。もちろんお伺いします。豪華料理が目に浮かびます――

――まあ、あなたはそう言うと思っていたわ。他の人は、どんな夫か会いたいと言うのだけれど。それよりね、より子ちゃんに言っておかなければならないことがあるのよね。村瀬君も来てもらうのよ。村瀬昭君――

名前を聞いて一瞬、姿が浮かんでこなかった。記憶の海のどこに沈めたのか、それすらわからない。時間とともにさらに深く埋もれてしまったのだろうか。

少しの沈黙が気になったのか彼女は、

――会うのは気がすすまない？　でもね、村瀬君は早坂とは仲がよくて。ここは私たちの再同居を祝するということで、すべてを老夫婦に照準を合わせてよ――

哲子さんから村瀬の名前を聞くのもまったく予期せぬことだったが、そのうえ彼女がこんなへりくだった話し方をするのも意外で、いかにも再同居で気分が高揚しているのだと思えた。七十歳を過ぎてこのような思いになれるのは悪くない。

――すみません。あまりに突然で。本当に思い出せなかったんです。それに哲子さんから聞くというのも――

――そんなことはないでしょうけれど。まあ、詳しいことはまたその折にでも。だったら大丈夫ね。よかった――

――もちろんです。わたくしごときのささやかな過去のことで、目の前のごちそうをフイにはできません――

詳しいことはまた連絡するからと彼女の声は消えた。

村瀬とは婚姻届を出す前に別れた。声を思い出そうとしたがだめだった。街で行き違ってもわからないのではないか。彼も、彼の子どもたちも。

きっかけがなんだったのか、初めて出会ったのがどこだったのか、もう忘れてしまった。ふと気がつくと、斜め後ろにいつも同じ顔の男が立っていた。市民活動団体の事務局で働いていたころだ。時折みせる翳のある表情をのぞけば、お金持ちのお坊ちゃまのようで、明るくてとにかくよく喋った。すべてを話しているようで、話さないことがある。それも十二分に感じさせてはいたが。いつのまにか村瀬のペースになっていた。

なんどかお茶を飲み、食事をし、決まったコースのような道をたどり二人で過ごす時間を持つようになった。お茶の段階で、彼には離婚調停中で別居中の妻と、彼の実家に二人の娘が彼の両親と暮らしていることを知らされた。村瀬はマンションにひとり暮らしていた。いや、お茶ではなく食事の、それも何度目かの食事の時だったかもしれない。村瀬は娘たちとは今後もいっしょには暮らさない、村瀬の母親が離さないし、娘二人もそれを望んでいると言った。飛び越えるべき壁は低いように勘違いをした。

村瀬と旅行にも行くようになり、週に三日、四日と彼のマンションで過ごす日が増えた。洗面所に、クローゼットに、少しずつ持ち物が増えていった。村瀬の離婚が成立したことを知らされ、ようやく実家を訪ねることになったとき、八歳と四歳だと聞かされた娘たちは、十二歳と八歳になっていた。

夏の日曜日の午後、村瀬の娘二人は、お揃いの水玉のワンピースを着て迎えてくれた。

特急に乗って二時間、岬の駅に着いた。ホテルの送迎バスに乗り込んだのは五人で、パーティーに出席する見知った人はいなかった。車内は静かで、車のエンジン音だけが身体に響いてくる。流れていく窓からは、入り江が時折見え隠れするぐらいで、別荘地とゴルフ場の深い緑のなかを対向車もなく走り続ける。厚い雲が重なるように覆ってきた。灰色の空と同じ色の海が切り取られた写真のように小さく途切れ途切れに見える。ホテルの敷地にはいってからもずいぶん走る。ゴルフ場を通りテニスコートを過ぎる。くねくねと曲がりながらかなりな急坂を登ると、低層の幅広い建物が見えてくる。玄関の車寄せからかなり出て、哲子さんが飛び上がりながら両手を振っている。

栗色に染めた短めの髪に鮮やかな緑色のチュニック。白いゆったりしたボトムに素足のサンダル。ラメ入りのペデュキュアなのか、きらきらと足もとが光っている。久々に会う彼女は、さらにすべてがチャーミングだ。

「ようこそ。会えて嬉しいわ。ひさしぶりじゃない?」

いまにも抱きつかんばかりに、哲子さんは両手を前にして飛び跳ねるように近づいてくる。共通の友人である何人かの名前を挙げ、みんなガーデンテラスで飲んでいるという。部屋でゆっくりしてから寄ってみてねと続け、背中を向けさっさとエレベーターに乗っていってしまった。彼女の後ろ姿、痩せて骨ばった肩から背中のラインが少し前傾している。用事は迎えだけだったらしい。こちらからは何も言えぬままフロントに向かった。

教えられた三階の部屋からは、複雑な入り江が一望できた。空と海は濃淡のない灰色で、入り江の緑は限りなく濃かった。この二色以外目に入らないのも不思議な気持ちにさせられる。そして、目の前の景色すべてがまったく動かなかった。よく見ると、左端の緑の陰に島巡りの観光船が停泊している。帆の先だけが見える。身を隠して潜んでいる海賊船のようだ。ひとりではもったいない広さの部屋で、しばらくソファに座ってぼんやりした。

続き絵のように入り江が見えるバスルームでぬるめの湯につかっていると、ようやく日が暮れかけてきた。かなり広くとってあるバルコニーの手すりが濡れている。一年中でいちばん長い昼間が終わろうとし始めている。だが、それは常に雨の季節で、暮れなずむときも曖昧になる。重い雲に覆われて。けれど、この季節が嫌いではない。しっとりとして落ち着く。


アルバムをみたのは初対面の時ではなく、由利の十二歳の誕生日だった。

次女の真奈美が疲れてベッドで眠り、由利は本棚の端にあったアルバムを一緒にみようと出してきた。そう、由利がだしてきた。キャラクターシールのたくさん貼ってあるファイル式のアルバムで、家族のものとはまた違った彼女の記録だった。誕生日だからとても自然な行動だ。見せて欲しいとこちらが言い出したのかもしれない。アルバムの一ページ目には、スーツ姿の女性と乳児が写っていた。庭の池の前のようだ。はじめて見る由利の母親だった。微笑み、おくるみの由利の顔が写るようにしている。母親のやさしさがそこはかとなくにじんでいる。痩せ気味で色白の、理知的に見えるその人は、真奈美を産むと同時に心の病に罹った。真奈美はいちども抱いてもらえず、声も掛けてもらえなかったという。育児放棄が病の最初の症状だったらしい。ほどなく彼女は実家に戻った。由利は村瀬に顔立ちや声も似ている。真奈美は母親にそっくりだ。

「時々は、お母さまと会うの？」

次のページには、沐浴や縁側での日向ぼっこ。いつも母親といっしょだ。撮っているのは村瀬だろう。平和な幸せそうな家族の写真だ。

「ママは死んじゃったのよ」

この一言がどのような声だったのか。成人した女の声だったような。このときの由利の顔が思い出せない。

「えっ？　おかあさま、亡くなったって？　いつ？」

「ええと。由利が修学旅行から帰ってきたときだから――」

「去年？」

「そう、みんなでお別れに行ったの」

「全然知らなかった」

「余計な心配をするから言わないようにって」

「誰が？」

「おばあちゃまと、パパ」

「亡くなられていたなんて。みんなが知っていたなんて」

「ママは自殺なの。お手紙があって。でも、病気がママを死なせたんだって、パパがそう言ってた」

由利は淡々と言う。表情も変わらない。

「お手紙って？」

「そう、新しいママって――。ご存知だったのかしら」

「新しいママってよろしくって」

この後、村瀬とどれほど話しただろうか。

「じゃあ、僕は一生結婚できないいんだね！」

村瀬は泣いて叫んだ。

乗り越えられなかった。母であり元妻の遺言、黙っていた村瀬と母親、口にした由利。

理屈ではない。どれひとつをとっても重く、耐えられず逃げ出した。

蒼いシルクのワンピースをゆっくりと身に着ける。ノースリーブに胸もとは深いV字になっているが、アクセサリーはなにもつけない。彫金をしている哲子さんもあきれるほどだ。重さが気になり耐えられないのだ。普段はしないが、化粧を薄くしてみる。ルージュだけ濃い目に引き、小瓶で持参した香水をふる。黒のサンダルを履き、グレーと水色が基調のペイズリーのストールを肩にかけ部屋を出た。

エレベーターまでの長い廊下は緩やかな下りカーヴになっていて、カットガラスの窓から眼下のプールや芝生が斜めに映る。会場に入る前にガーデンテラスに寄ってみた。何人かが、深い軒下で風に吹かれながら飲んでいる。

哲子さんは見当たらず、たぶん夫の早坂さんだろうと思われる男性がくつろいだ姿勢で座っていた。視線が合う。白地にグリーンの葉柄のシャツはゆったりしていて、ベージュのズボンととてもきれいに合っていた。哲子さんが選びそうだ。

「木村より子です」互いに名乗り笑顔で挨拶をする。早坂さんは席をひとつゆずってくれた。

「何か飲む？」

「はい、ではシャンパンを少し」

早坂さんが軽快に立ち上がった。その姿を追うのをやめて正面に向き直ると、村瀬が立っていた。

若いときも少し太り気味ではあったが、さらに体重が増加したようだ。白髪にもなっているが、それらを除けばかわりない。眼も鼻も口も頬も見覚えがある。忘れようと念じているうちに、本当に忘れてしまったのだ。

ああ、そうだった、村瀬だと心の中で呟いた。街で出会ってもわかるだろう。だが、二十年、いちども二人は出会わなかった。

彼は口をふっとすぼめた。照れたときにでる表情だ。

「なんて挨拶すればいいかしら」

「こんにちは、かな」

「おかわりありませんか」

「かわりあるさ。この髪、この体重。怠惰な生活をしているから。けれど、君はまったく変わらないなあ。不思議なくらい。同じ時間が流れているはずなのに」

「どういたしまして。変わらないのは体重だけ」

「りっぱだよ」

彼の軽い物言いに救われたことも苛立ったことも思い出す。

村瀬がイスに腰掛けようとすると、両手にグラスを持った早坂さんが戻ってきて、

「僕といっしょに飲むところなんだ」

とやわらかく村瀬を追い立てた。じゃあ、また。彼は軽やかに立ち去った。グラスを手渡すと早坂さんは席を離れた。

パーティーは二十人ほどで、ごくごく親しい友人ばかりなので、初対面の人たちともすぐに打ち解けた。

「ねえ、より子ちゃん。あのね、そう食べてばかりいないで何か話してよ」

「いやです。お喋りはしなくていい、好きなだけ食べなさいと早坂さんがさきほど言ってくださいましたので」

「まあ、あなた、どうしてこう若い女性に甘いのよ」

「再び別居でしょうか」

村瀬がおどけて言う。みなが笑う。

「そんな体力もうないよ。移動ってけっこう大変なんだ。面倒な手続きもあるし。何回も

できない、もうできない」早坂さんが力なく呟くように言うと再び全員が笑った。

すぐに話題が変わる。テニスやゴルフ、トライアスロンにマラソンの体験談など趣味の話が中心だ。

哲子さんの柔らかな笑顔が輝いている。いままでいちばん優しい表情だ。輝くのに年齢は関係ないことを教えてくれている。

席がくずれ立食する者もでてきて、ピアノを弾きだす者、歌いだす者も現れる。古いジャズが流れてくる。「あなたが帰る場所は私の家よ」というのだったたか。笑いながらみんなで歌っている。哲子さんの甲高い笑い声も。

風に吹かれにバルコニーに出る。道路沿いの明かりだけが見える。あとは闇の中。入り江も陸地も山もわからない。ここから民家は見えないのか。

「楽しんでいる?」

哲子さんがやってきて背中に抱きついた。やわらかいローズの香りがする。彼女は酔うと誰かれなく抱きつく。それを飲んでいないときに言うと、嫌いな人には抱きついていないはずと確信をもって返ってくる。

「もう、美味しいのなんのって。当分、黒あわびは食べなくてもよさそうです。肝ソース、忘れません」

「まあ、いいわよ。あなたの姿勢、りっぱよ。楽しんでもらえたら本当に嬉しいわ。でもね、人との関係って不思議なのよ。無理に答えを出さなくても自然に答えがでるものよ。たぶん、時間という魔法がかかるから。そう思う。ただ、身をゆだねていればいいこともあるわ。何が起こるのかわからないわよ。最後の最後まで」

哲子さんは笑って肩を抱きしめてくれた。しばらくそのままじっとしていた。何も言わなくてもいい、それがなによりうれしかった。哲子さんの力。彼女は戻っていった。

「たくさん食ったよなあ、もう入らねえ」

背後から村瀬が声をかけてきた。この背後からの声は、懐かしく響く。声は歳をとらないのだろうか。

「風が気持ちいいだろう」

「そうね」

「しかし、君もよく食ったなあ」

「他人のこと言えないでしょう」

体重オーバーじゃないのと胸のうちで呟いた。

「何がおかしいの？」村瀬が不思議そうに訊ねる。

「どうして？」

「いま笑った」

「本当？　笑ってなんかいないわ」

「笑ったって」

二人同時に吹き出した。たぶん、互いに酔っているからだろう。

「明日、どうするの？　哲子さんに聞いたんだ。電車で来たんだって」

「そう」

「僕、車で来ているから送るよ。いや、もちろん駅までだけれど」

「いいわ。ホテルの送迎バスを使うから」

ふと、彼が口をつぐんだのがわかった。

「なんかさせてよ」

「なにを」

「もし、いつか君と再会したら、そのときは少し君の役に立ちたいと思っていたんだ」

村瀬の声だった。聞きなれた彼の、少し鼻にかかる甘えたような声が生暖かい入り江の闇のなかに沈んだ。

「そう、ありがとう。じゃあ送っていただきます」

「そう言ってくれると思ったよ。どうせ朝食もまたゆっくりだろうけれど。終わったら、声、かけるよ」

村瀬は明るくてにぎやかな部屋に、足取りもふらふらと吸い込まれていく。

パーティーは縺れながらくずれながら続いていたが、哲子さんに挨拶をして部屋に戻った。今日、このホテルは貸しきりではないだろうか。そんな静けさだった。

翌朝、ダイニングルームに行く。仕切りのない大きくとられた窓から、雨に濡れた入り江と、こんもりした濃い緑の小さな島がいくつか見えた。しばらく見とれてしまう。哲子さんは、昨夜のパーティーなどなかったかのようにもりもり食べ飲んで笑っている。

「雨のクルージングもなかなかいいものよ。ほとんど飲んでいるんだけれど」

「揺れに強い哲子さんだけだよ、とても飲めないな」

「先に飲んで酔っておくと大丈夫なのよ」

哲子さんが誘ったが、夕刻までに帰らなければならないと軽い嘘を口にする。彼女はそう残念がるようすもなかった。

「来てくれてありがとう。楽しかった。これからもよろしくね」

「こちらこそ。ご馳走のときは呼んでください。とにかく駆けつけます」

部屋に戻りゆっくりと入浴し、バスタブからの空を眺めた。これほど多くあるのかと思うほどさまざまな灰色が窓いっぱいに広がっている。ここからでは雨の降りようはわからない。意外に灰色は明るいのだ。ドレスはバッグにしまい、普段の身軽な服装に戻る。

フロントに下りると、ロビーには村瀬がひとりで座っていた。

「みんな出て行ってしまって僕ひとりだよ。どうしてあのひとたちあんなに元気なのかなあ。雨は降っているし、湿度高いし。ああっ――、船なんかに乗れないよなあ」

大袈裟に嘆いてみせるのは、彼なりの照れなのだろう。車を回してくると足早に出て行った。きのうとは違う紺の上着にピンクのカッター、ベージュの綿のパンツ。

白のスポーツタイプの車は磨きがかかっていて雨滴を弾いている。

「車好きはかわらないのね」

「ああ、唯一の趣味になった。だからこうなった」

含み笑いをしながら彼はエンジンを吹かす。低い車体の助手席に乗ると、村瀬は一気に加速させた。

ホテルから駅までは、入り江に沿ってくねくねと走る。バスで来た道だ。狭く車線もない。別荘地や保養所、ゴルフ場、そして宿泊施設まである大遊園地もまるで無人のようにもやの中に佇んでいる。雨脚はいっこうに弱まらない。

「少しドライブしないか」

「ありがとう。でも夕方までに帰らないといけないのよね」

先ほど哲子さんに言ったことが、本当のことのように思えてくる。そう、なにもないという用事、この場を引き上げないといけないという用がある。

「あいにくの天気だけれど。こんなこともうないような気がするんだ。一時間ぐらいなら少し寄り道してもいいかな。ちゃんと駅まで送るよ。ひとりで走ってもいいけれど、君とならもっと楽しい」

彼の、ソフトだが絶対に引き下がらない強引さを懐かしんだ。そうだった、我がままなお坊ちゃまとよく心のなかで呟いていた。口にだしていたかも知れない。

「そうね、こんなこともう二度とないかも知れないね」

「そうこなくっちゃっ」

急に元気な声になる。

「以前に一度行ったんだ。少し先にある灯台。君にみせるよ。といっても僕の持ち物じゃあないけれど」

しばらく走ると、街並みのにぎわいがなくなり背の低い民家や船小屋だろうか、そういった建物が草の間から見え隠れする。海は見えないがすぐ近くにある気配はする。道路は二車線だが車はほとんど走っておらず、歩いている人もいない。速く走るためにつくられた車は、それほどスピードもあげずに窮屈そうに移動している。

「海に向かって走っているのね」

「ああ、もうすぐさ」

「ほら、海――」

彼の声と同時に、正面に見えていた空が急に広がった。防波堤の向こうに海があった。海には波を待っている者、沖に向かってボードを漕ぐ者、波に乗らんとしてバランスをとっている者、波に乗っている者。浜で見ている者もいる。白波が高い。

「ここは有名な浜なんだ」

「なにで」

「ああ、波乗りスポットさ」

天候など関係がないのだろう、波があるかどうかだけ。波をかぶって一瞬姿がみえなくなるが、しばらくすると浮き上がる。足首に繋いでいるのだったか、ボードもいっしょだ。いつかみた波乗り少年の映画、ラストシーンは、ボードだけが浜に流れ着いた。

「このスポーツを考えた人は、きっと海の上を歩いたり走ってみたかったのね」

「そうだな」

「どんな気分だろうか」

「やってみたら」

「わたしが」

「そう、悪くはないぞ。僕はだめだけど。もうスポーツをしようという気持ちはまったくない」

海岸沿いを走る。対向車も来ない。波乗りをする人たちは、そこだけでひとつの世界があって、透明の壁があるような、まったく違う世界をみているような気持ちにさせる。

松林がみえると、左手の山側には民宿の看板が低く小さく建っていた。壁、屋根、窓枠までブルーのペンキが塗られた小屋もある、屋根に白くサーファーの店とある。可愛い建物だ。海水浴場もあるらしい。シャワーありますという札が雨風に揺れていた。

景色ばかり見ていると、正面の道が急に狭く上りになっている。車一台も通りにくい。

「ここでいいの？　大丈夫なの？　違うんじゃない」

「あってるよ」

「自信あるのね。ああ、危ないわよ」

急坂を下り、前が一瞬見えなくなった。

「向こうから車が来たらどうするの」

カーブミラーはあるらしいが、あってもどうしようもないほどだ。バックもできそうにない。民家のブロック塀にはさまれ始めた。

村瀬が急に笑い出した。驚いて彼を見るとまだ笑い続けている。

「君のその心配性、変わらないなあ。ちょっと懐かしいよ」

「失礼ね。事実を言っているだけだわ」

「人の言うことをなかなか受け入れないところも、懐かしい」

とても走れそうにないと思う。両側の壁と車の間が数ミリしかないように思う。村瀬は楽しそうにハンドルをきる。このあたりの建物は海沿いなので、屋根と塀の高さがおなじで、民宿や旅館の看板もとても低いところにある。――鯛、あわび、海老――などと字は薄くなってはいるが読める。

「この道、正規ルートじゃないかも知れない。でも、灯台には着くんだ。いちど来たことがある。ひとりで。ここまで車を走らせた」

「あら」

正面に「灯台、灯台資料館はこちら」というイラスト付きの案内板があった。ほっとして彼を見ると、同じような表情をしていた。

ただの空き地といった土の駐車場には、車は一台も止まっていない。目の前には、大きな松の枝に隠れるように灯台資料館、トイレの案内板がある。

時折松の木々が揺れる。あとから風の音がする。その音は波の音、海の音のような気もする。うねり。どこからの音かわからなくなる。ここからは灯台も海も見えない、どんなところにいるのかも実際わからない。松林の中だ。

「トイレに行ってくる」村瀬が言ってドアを開けた。風がらせん状に入ってきた。急いで閉め、彼は看板の案内の後方、平屋の建てものにぽっかりと開いている暗い隙間に身を隠した。ほんの数分だが、ひとりで待つことが不安になった。忘れていた想いだった。村瀬と別れしばらくの間、ひとりでの日常が心細かった。慣れればなくなってしまうのだが。

暗い穴から村瀬がのんびりした表情で出てくる。こちらに来ず指で示している。口の形が「あっち、あっち」と言っている。ドアを開けると、生暖かい突風が全身に襲いかかってきた。着ているものも髪も後方にひっぱられるようだ。雨は止んでいた。なんとか足に力を込め踏み出す。白い平屋の資料館は無人のようで、ドアが閉まっている。どこに灯台があるのだろうか。先に村瀬が歩いている。来たことがあると言っていた通り、確信をもった足取りだ。資料館をぐるりと回って松林を抜けると、急に明るくなり視界が開けた。目の前に、空と海がひとつになって広がっていた。風と波の音しか聞こえないが、とてつもなく大きな音だ。風がこんなに唸るとは。どこにもさえぎるものがない。けれど、灯台は見えない。顔を上げると吹き飛ばされそうで探せない。波は、足もとで岩にぶつかるような音がする。まっすぐ歩く。小さな通路のような道ができている。正面にあずまやが建っていて、そこまで行くらしい。ただひたすら村瀬の背中を見る。両足に力を入れないと飛ばされるという恐怖が湧く。

あずまやに入ると、海の上に立っているようだった。風は生暖かく、波のしぶきか雨なのかよくわからないが降ってくる、いや、上がってくる、横からも。村瀬が黙ってみている、その視線の先を追う。

入り江の先に小さくて白い、灯台が立っていた。幾種類もの灰色で描かれた景色のなか、その白色は映えていた。

「ああ」

思わず声が洩れた。

四角い——。

高さはどれほどだろうか。強風に立ち向かうというよりは、耐えているというように見える。岬の突端に。立っている。

隣に立つ村瀬も、じっと灯台を見つめていた。

「どうだ」

「——四角いのね」

「ああ。ここまで来てはじめてみたとき驚いたさ。丸いものだって信じ込んでいたから。大きいって思ってもいたし」

「うん。本当にそう。とてもいい」

心の内を言い当てられても、素直に頷けた。

「きれいだわ」

厚くて黒灰色の雲の隙間からひとすじ薄陽がさし、その道が海面に届く。

「よかった。君はきっと気に入ると思っていたんだ」

村瀬をみて微笑んだ。こんなに穏やかな笑顔を彼に向けられる。

「灯台に行ってみる？　あっちは整備されている。公園みたいになっているんだ」

「いいわ。灯台に行けば灯台が見えなくなるし。ここからがお薦めなんでしょう？」

「まあね」

村瀬は、低い団子鼻の先を赤らめる。そのとき雨がほぼ真横から降ってきた。雲間からの陽射しはそのまま海面に届いているのに。

「ここで豪雨に晒されるのは危険だ。車までダッシュだな」

「たいへん。傘を車の中に置いて来てしまったわ」

持っていても、この風では広げられないだろう。

村瀬は、上着を脱いで無造作に投げてよこした。かぶれと動作で言っている。断る前に飛び出していった。分厚い背中が左右に揺れている。本人は猛スピードで走っているつもりなのだろうが、想いの割には進んでいない。後ろから彼を見る。ふたりの間を和やかな穏やかなものが流れるのは、互いに別れて過ごした時間がそうさせてくれるのだろうか。

時とはなんとありがたいものか。
薄手の上着は役には立たず、すぐに重たいだけのものになった。
それでも、走りながらかぶり続ける。

# 晩夏に

道と庭の花壇の境にあるフェンスは鉄製だが、白く塗ったペンキがところどころ剝げおち、錆と錆止めのまだら模様をつくっている。一メートル間隔にある支柱の、土に埋め込まれている部分は腐食してぐらついている。補修しなくてはならないことを思い出す。庭におりて近づくと、フェンス際に咲いているセンニチコウが元気をなくしている。もともとか細い葉や茎だが、しなだれ、小さな穂先が重そうにみえる。連日の猛暑を乗り越えて疲れたのだろうか。

毎年、紅・白・ピンクの苗をそれぞれ五株ほどずつ四月の終わり頃に植える。ケイトウと同じ仲間で、色もちもよく手間もかからずぐんぐん成長し、六〜七十センチほどの丈に伸びて道路からのちょうどよい目隠しにもなる。

この時季を乗り越えて、秋にはもういちど息を吹き返しすっきりした姿を見せてくれるのだが。あとで少し液肥をやることにする。

センニチコウの手前にはニチニチソウがぎっしり隙間なく盛り上がるように咲いている。ほどよい間隔を空けているつもりでも、真夏のこの花草は、とても元気がいい。頑健だ。こぼれた種子も同じ季節内に育ち、小さいながら開花する。だからどんどん増え、いつも植えた頃の予測を大幅に上回る。今年は花弁の色も白・紅・ピンク・白とピンクなど多彩でかたちも大きい。葉の色も従来の濃緑色に薄緑色をくわえ二種類を植えている。薄緑色のほうは見ているだけで涼しげだ。

夏に元気に咲く花を眺めるのは、暑さが苦手な私には欠かせない。いま、ふと思ったのだが、ニチニチソウに黄色がないのはどうしてだろう。知らないだけなのか。ハイビスカスには黄色があるのだが。

今年はこの花壇の端に矮性のグラジオラスの球根を三十球ばかり植えたが、咲きが悪く葉ばかりが伸び葉の先は茶色く枯れたようになった。梅雨が長引き低温だったのが原因なのか、それとも植える前の土壌改良後、あともう少し土を休ませればよかったのか、焦ったのかも知れない。雨はともかく、きちんと待つという約束を守れなかったのは百パーセントこちらに非がある。

植物たちは声を出さない。動かずにただそこで枯れる。それを目にするときがつらい。

それでも咲いてくれたグラジオラスの花は申し訳なさそうな小ささで、俯きながらあっという間に終わったが、球根は抜かずしばらく葉を眺めてきた。のこった元気なものは、まっすぐ気持ちのよい立ち姿をみせてくれている。

しゃがんで根や株を見ながら、手のひらで土の乾き具合を確かめていると、パンプスのこまかな靴音が聞こえてきてフェンスの向こうに黒い日傘が流れた。すぐ近くに住む娘さんだ。彼女の声を聞かなくなって久しい。

彼女がご両親、二人の妹さんたちと越してきたのは二十年、もうすこし前になる。小学校の高学年だった。年の差がわずかな妹たちは、すぐに外で遊んでいたが、彼女は家に居ることが多かった。何かのきっかけで我が家にやってきて、そう、急に降りだした雨を知らせに来てくれたのだ。「洗濯物が濡れますよ」と。母親は大喜びで彼女をおやつに誘った。

彼女はこの家に大きな本棚があるのに興味をもった。その頃我が家は両親二人だけだったので、二人は彼女を歓迎した。やってくるとすぐ本棚の前に立ち、目当ての本を取り出すとその場に座り込んで何時間も読んでいたという。私が休暇で戻ってくるときには会うこともあったが、両親が楽しそうに彼女のことを話すのを聞いていると、家にいないという申し訳なさ、その重荷が、ほんの少しだけ軽くなるのを感じてもいた。

おかっぱ頭に眼鏡の、色白の女の子。時には大人びた物言いをして私たちを驚かせたが、お喋り好きなとても利発な子どもだった。

中学生のいつ頃からか来なくなり、それは自然な成長だと話してもいたが、やがて歩いている姿も見かけなくなり高校進学もはっきりせず、まず、まったく会わなくなった。母親が、深夜に彼女が叫ぶような大声を出しているらしいと他所から聞いてきたが、確かかどうかわからぬまま時が流れた。様子を親御さんに訊ねるのも気が重く、やがて妹さんたちは結婚をしたり就職をしたりしてそれぞれ家を出た。その話はきちんと伝わってきた。いまは、ご両親と三人で住んでいる。最近になって姿を見かけるようになった。身長は私と同じ百六十センチくらいだが、着るものなど7号より以下のサイズがあるのかと思うほど痩身で、頬はこけ目は落ち窪んでいる。どこかに勤めているようすでもない。通院かも知れない。明るい茶髪に流行の細身の洋服姿ではある。外に出られるようになってよかったとは思うが。

黒い日傘が、こまかな靴音とともに去っていった。彼女は私に気づいただろうか。

猛暑を乗り越えた夏の花々は、秋の涼風と雨に一時息を吹き返す。その鮮やかさは盛夏の力強さではない。朝露や朝霧に濡れて立つ姿は、清楚で清々しい。命を終えるその直前の美しさだ。

液肥を水で薄め大きめのジョウロでそれぞれにやり、部屋に戻ると待っていたかのように、いや、待っていたのだろう、門柱の代役をして立っている、常緑のヤマボウシとマロニエの木の中からスズメたちがいっせいに庭に舞い降りた。彼らは、この家の住人といえども、なかなか気を許してはくれない。

春にはキビタキやジョウビタキがくる。その一時期だけノバトも下りてくる。ノバトがくるのはたぶん、毎年春先に西洋芝の種を蒔くからだろう。その直後にやってくる。どこで見ているのか知るのか、そのタイミングのよさは驚くほどで、大きな影を描きゆっくりと降り立ちくぐもった鳴き声で地面に嘴をつける。近くに河川の源流や、いくつかの農業池があるため、セキレイもいる。道にツンツンと歩くセキレイの白いラインの入ったスリムな後ろ姿は、優雅で見とれてしまう。今年は初めてアカハラもやってきた。開発が進み、住処を追われたのだ。このあたりの丘陵地の緑は、この三十年ほどでほとんどなくなった。

縁側の前に並んでいるペチュニアの鉢に、いま羽を休めているのは黒いアゲハで、大きな二枚の羽の縁はフリルのようになっていて中央はレース状に透き通っている。魅惑的なオレンジ色の斑点もある。アゲハはゆっくりと羽を動かす。まるで王妃が扇を使うようだ。そのまわりでつかず離れずモンシロチョウがせわしく羽を動かしているのも愛らしい。アゲハはゆったりとペチュニアから隣のゼラニュームに移る。いちど固有の名を調べてみよう。

両親が高齢になり戻ってきた家に、私はいまひとりで暮らしている。十代のおわりに家を出たあと、両親は二階家を小さな平屋に改築し、庭に面してダイニング・リビングを大きくとり広い縁側をつくった。そして、二人で庭づくりを楽しんだ。

娘はもうここには戻ってこないと思ったのだろう、娘もそう思って家を出た。それぞれに同じ時間だけが流れ、親たちは老い病をかかえる身となり、娘のほうも若く情熱的で独りよがりな自立心は消え、わずかな寛容さを身につけわだかまりも抵抗もなく家に帰ってきた。親たちもこれまでの経緯などなかったかのように迎えた。穏やかな、三人での生活が再開した。両親は身体が動く限り庭に立ち、作業をし、それが適わなくなれば縁側に椅子を並べ終日二人で庭を眺めた。椅子はリクライニングになり、やがてベッドになった。

母親は、キンモクセイの蕾がふくらみ香りを放ちはじめたあたたかい雨の降る昼下がりに、九カ月後、父親は自分で種を蒔いた薄青色のアサガオが一輪咲いた早朝に、それぞれ静かに生を終えた。

きょうの午後、井上あけみがやって来るという。彼女がこの家に来るのは初めてというので、電話で道順を詳しく話していてふと、初めてというのが不思議でそれを口にすると、あけみもそうと気づき、二人でさんざん笑った。どうして、彼女はこの家にいちども来なかったのだろうか。

――こんなこともあるのね。高校の時からだし三十年、もっとよね。近くに住んでいたときもあったのに――

――ほんとうに。でも、あなたはいつも忙しかったから――

――そうねえ、若い頃はあれもこれも手を出して動いていたからね――

話は横道に逸れながら、こういう過去を含めての長い時間の話ができるのは、もうあけみだけなのだと思う。

私たちが出会ったのは高校入学時、年齢で言えば十五、六歳の時で、同じクラスになった。出身中学も違ったし、名簿の順番も席も離れていたのに、何がきっかけで話すようになったのか、もうまったく思い出せないが、気がつくといつでもいっしょにいてなんでも話せる友だちになっていた。この頃の同性の友人は、時に親や兄弟姉妹よりも親密になる。

一年生の二学期だった。学校外活動の一環で、私たちはあるボランティア活動に参加した。いくつか選択できたが、あけみと私は乳幼児の療育園で子どもたちといっしょに遊ぶというものを選んだ。ほかに数名生徒が参加した。ボランティア団体事務局の堀江喬という人が、私たちのアドバイザーだった。

活動がはじまって五分もしないうちに、それはただ、タオルの小さなボールを転がすだけのことだったのだが、とても自分にはできないと内心断念した。私は次第に壁際に寄っていた。そして、心のうちでいくつかの言い訳をした。自分には兄弟姉妹がいないこと。周囲に乳幼児がいないこと。障碍を持っている者がいないこと。何度も呟いていた。あれほど説明を受けわかっていたつもりだったのだが。

そのとき、堀江さんがそばに来て「大丈夫ですか。無理しなくていいから」と言って微笑んでくれた。それは嬉しかったが、恥ずかしかった。全身が熱くなった。

あけみは子どもたちの輪に入って遊んでいた。時々声をだして笑いもする。屈託のない態度。彼女の素直な明るさは輝いていた。それも私を落ち込ませた。

学校外活動が終わっても、私たちは個人的に参加するようになった。それは療育園にではなく、ボランティア団体の事務局に通うことだった。私は、ここでなら何か役にたてそうな気がしたし、自分にできないことに直面したときの対処方法のヒントがあるような思いがあった。若い真面目さがあった。あけみはボランティア活動自体に興味をもったらしかった。学校帰り、土曜日の午後や休日に出かけた。いや、押しかけた。

役所近くの、古くて間口の狭い細長いビルの三階にある小さな事務局に、堀江さんはいつも一人でいて、忙しくしていた。コピーや封入など雑用はいくらでもあった。入れ替わり立ち替わり多くの人がやってきては何かを手伝い帰っていく。私にはそれも驚きだった。初めて知る仕事のありかただった。

堀江さんは、当時三十歳になったばかりだったと思う。百八十センチほどの長身で細く色白で、初対面の時は気難しそうでとっつきにくかった。まん丸の茶色い縁の眼鏡をかけていた。服装はいつもカッターシャツに、ひざの部分がぽっこりと出た白い綿パンだったが、真夏でもベストを着たり、秋口になるとすぐにマフラーをしていた。私たちが通っている間に病気で休むということはなかったが、頑健という印象ではなかった。静かな人で、笑うときも声を出さず表情が崩れるていどだ。事務局にいる間、ほとんど私とあけみが喋った。堀江さんは黙って聞いているだけで、ふたりの話にはいってくることはない。非常に忙しいということもあったが。それでも満足だった。このとき、彼とゆっくりじっくりと話したということはないのだが、不思議にたくさんさまざまなことを話したような錯覚に囚われている。私には兄弟もなく、学校以外で出会うはじめての成人の男性だったと思う。あけみはどうだったのだろうか。

やがて受験を口実に事務局通いをやめたが、あけみは一人でも通っていたらしい。この頃から私とあけみは、いっしょにいる時間が次第に減っていった。あるときまで私は自分から離れていったように思っていた。あけみといっしょだと勉強の時間がなくなるからだ。そのときは確かにそう思ったが。

家を離れわずかな学生生活のあと、そのままその地で就職をした。あるとき、あけみから堀江喬との結婚の知らせが届く。我が家に近い公営住宅に住むという。年に何度か帰ってはいたが、あけみとは会う機会もなく彼女もこの地を離れていた。あけみの就職先は、非営利の組織づくりを手伝う団体であった。彼女は活動を続けていた。

夏や冬の休暇に帰ってくると、私は二人の住む団地に遊びに行くこともあった。最初は目の前の二人が夫婦であることに慣れなくて、妙な気がしていたが、やがてそれもなくなった。夫と妻という名前のもとでは、それぞれの年齢やこれまでの履歴などがどこかに隠れてしまうのかも知れない。

二人が結婚をしてからかなり経った頃、二人の間に男の子が誕生した。しばらくして彼女は家を出た。

あけみは、この家には来なかったのか。

私がこの家に戻り堀江さんに挨拶に行ったとき、彼はひとりで息子の明君を育てていた。私は家に立ち寄って欲しいと言った。彼は明君といっしょに遊びに来てくれるようになった。

両親は、明君がやってくるのを心待ちにするようになった。夏には父親自ら玩具屋へ行き、大きな円形の、ビニールプールを買ってきた。朝早く庭から聞こえてくるのは、空気がもれる笛のような高音で、ビニール製の青い蛇腹の空気入れを、ふうふう言いながら片足で踏む父親は、いままでのどのようなことよりも楽しそうだった。水を張り、彼が遊びに来る頃には水温が高くなっているというサービスぶりだ。母親はせっせと台所で、幼子の好きそうなメニューを、たとえばオムライスやホットケーキ、プリンなどを考え頭をひねっていた。堀江さんが仕事で遅くなるようなときは、私が保育園に迎えに行きそのまま明君は我が家で過ごした。終日家で預かることもあった。

明君はあけみによく似た顔立ちで、特におでこや眉、大きな目はそっくりだった。性格もそうで、好き嫌いがはっきりしていて活発で積極的だ。大きなきれいな瞳でまっすぐ相手を見つめることのできる子どもだった。

明君がビニールプールで遊んでいる。捕まえたトカゲの尻尾を振りまわし、キャッ、キャッと叫んでいる。強い日ざしにキラキラとトカゲは七色の輪を描く。

――トカゲさんはもう目がまわっていますよ――

父と母が縁側でお腹をよじらせて笑っている。プールには水鉄砲やボールといっしょにアリやマルムシ、テントウムシもいる。そう、土や芝草も混じって。

遊び疲れ縁側で昼寝をする三人。ともに口が少しずつ開いている。両親は小さくもない鼾をかく。遊び疲れた明君は目を覚まさない。無防備な寝顔――。私は離れたところに蚊取り線香を置く。

夕刻、堀江さんが迎えにやって来る。真新しい白いフェンスの向こう、長身の彼はすぐにわかる。

西から吹く生ぬるい風がそれでも心地よく、プールの水は木々や草花に撒かれ、空気が抜かれたビニールプールは裏庭の物干しに掛けられる。夏の長い一日が終わる。

誰もあけみのことは口にしなかった。なんの約束もしなかったのだが。

きょうやってくるあけみと別れれば、またしばらくは会えないだろう。彼女を待っている間に、乾燥させたラベンダーの残り具合を調べてみる。乾燥剤をいれた小さな丸い缶の中に、くすんだ紫や白や桃色の小さな花々が、甘く優雅な香りを放っている。オーガンジーの小袋は、雨の日にせっせとつくってある。詰めて何袋かもって帰ってもらおう。ちょうどそのくらいはある。生花は長旅には無理だろうから。

袋詰めが終わればレモンバームを摘んでおこうか、あけみの顔を見てからにしようか。会えばお喋りが尽きないから摘んでいる時間が無いかも知れない。極上のハーブティーを淹れよう。車でないなら白ワインもいい、一本ぐらいならあっただろう、冷やしておかなければ。久々の再会なのだから。堀江さんのことを、ゆっくり語り合いたい。あけみと私のこと、あの頃のことも。あけみは語りたがらないだろうか。彼女はいつも前だけを見ている。

庭の東側にあるクレマチスの棚下で、いま、猫が大あくびをしてごろりと横になった。高さ二メートルほどの四本柱で、木製の、藤の棚などと同じつくりだ。違うのは、コの字面にメッキ鉄線が碁盤の目状に張られていること。つるが絡まるようになっている。これは堀江さんがつくってくれたものだ。最初両親のつくったのは、アサガオの支柱を組み合わせたもので、すぐに成長を支えられなくなった。東側のフェンス沿いにも植えられている。五月の半ば頃から晩秋まで咲きつづけるこの花々を、両親は特に愛していた。

ある初秋の早朝、突然堀江さんがホームセンターの車でやってきた。荷台に材木と工具類を積んで。運転はホームセンターで働くマヨン青年だった。たたみ二畳ほどの大きさの棚づくりを、夕暮れ時を過ぎ辺りが暗くなるまで続けた。庭のコンセントだけでは明かりが足りなくなり、家の中から延長コードで繋ぐ大変さだった。屋根には等間隔に細い板が斜めにつけられている。堀江さんの自信作だ。いまも鮮やかなピンクや白や紫の花弁が棚全体を覆うように咲き誇り、甘く濃密な香りを放つ。夏の棚下は涼しい。心地よいところを猫はよく知っている。暑いときは棚下に、寒いときは南のモルタルの上で寝転ぶ。

冬咲きのクレマチスは堀江さんが持ってきてくれた。これでほぼ一年中花をみられることになった。

——この花は七月から八月に葉を落として休んで、九月の彼岸すぎから咲く。暑さに弱い君にそっくり。それにほら、下向きに咲く——

そう言われると、私はいつもの癖でまっすぐにおろした前髪を右手で引っ張る。常にうつむき加減で人の目を直視できない。

花はアイボリーに近い白色で、四、五センチほどの大きさでベルのかたちをしていた。

――ジングル・ベルっていうんだ。クリスマスの楽しみがまたひとつ増えたね――

堀江さんは楽しそうに言い、これから君のこともベルちゃんて呼ぼうか、などと冗談を言って帰っていった。植物には不思議な力があるのだろうか。彼を饒舌にさせる。

棚の下で堀江さんとたくさんの話をした。虫がいるだの、枯れそうだの、キンモクセイに蜂の巣を発見して大騒ぎになったこと。ひとり暮らしになってからは、蜂の巣とくもの巣がふえた。くもの巣は、玄関の天井やドアの上部にも及んだ。これは来客がほとんどないうえに、やってくる人たちは、直接庭に入って声を掛けるからだ。そういう私も庭から、縁側から出入りをする。

――空き家だと思われてるんじゃないか。もう少し賑やかに。掃除とか料理のときに歌でも歌ったらどうかなあ。歩くときの足音なんかもどんどんと――

――どんなふうに？――

そうすると堀江さんは、ひょろひょろと膝の曲がった片足を上げて四股を踏んだ。実のなる木は、鳥たちがやってきては啄ばんですぐ丸裸になる。たぶん、車の出入りもなく身の安全を察しているのだろうという結論に達した。

——私は透明人間なの？——

私も少しお喋りになる。

コムクドリが浴室の換気扇に巣作りをし、三カ月間スイッチを入れられなかったこと。湯船に浸かって見上げると、視線が合ったこと。夜、鳥はなき声を一切ださない。ただ、すこし羽を震わす。換気扇の狭い壁に当たってかさこそと乾いた音がするのだ。夜の庭で鉢合わせしたのがイタチだと思ったらタヌキだったこと。雨樋の掃除をふたりでしていて、ツグミの卵をひとつ落として割ってしまったこと。あの時はふたりしてなんども謝った。そのあと親鳥が帰ってきてしばらく巣のまわりを鳴きながら飛んでいた。居たたまれなかった。とりとめのない日常のお喋り。ゆれる葉陰の下で、冬枯れの庭で、芽吹き始めた木々の下で——。

明君が成長し、我が家にやって来るのが間遠くなり、相次いで両親を見送った後は、堀江さんはマヨン君といっしょに寄ってくれた。そう、すべては過去形になってしまう。堀江さんは、もうこの庭にはやって来ない。

一月の終わり、降り出した雨が霰や雪や霙に目まぐるしく変わる冷え冷えとした暗い午後。寒の肥料をマロニエやヤマボウシ、裸木になったニシキギやマルバノキにやっていた。冷気にウメやロウバイのまろやかで甘い香りが漂い、それは凛とした気持ちにしてくれる。が、二枚重ねの靴下にゴム長靴を履いていても足先は感覚がなくなるほどで、また、軍手の上に厚手のビニール手袋を重ねても手先が痛く縮かんだ。それぞれの枝の張り具合を見ながら、枝の先端まっすぐ下のあたりに凍ったかたい土をスコップで叩き、浅い溝をつくり肥料を埋める。開花しているものには肥料はやらない。咲き終わったときに。樹木にとって花を咲かせるのは出産することと同じなのだと教えてもらったことがある。咲いているときはできるだけ静かに、落花のあとは栄養をとりゆっくり休まなければ体力が落ちる。枯れた芝を大きな熊手でとる作業もそろそろしなければならない。野焼きができればこんなによいことはないが民家でできるはずもない。枯れ芝の下はじくじくと湿っている。芝種をまぜた土を入れなければ。

閉め切った部屋からの電話の呼び出し音は、分厚い毛糸の帽子でくぐもっているのと滅多にならなくなったのとで他所の家で鳴っているような、しばらくはぼんやりと聞いていた。自分のところだと気づき急いで縁側から駆け上がり、もう切れるかと呼吸も整えず受話器をとると、暗闇から聞こえてきたのは若いころの、あの、事務局で働いていた堀江さんの声で、一瞬、今この時を忘れてしまった。冷えた庭から走ってきたからか、ぼんやりしていたからか、しばらくの沈黙の後、もう一度聞くとそれは明君だった。

明君は静かに落ち着いた声で堀江さんの死を告げた。一週間ほど前、彼は風邪で医者に掛かっている。以後、出会った人はいない。電話に出ないことを不審に思った明君がやってきてわかったという。

団地のコミュニティーホールで行われた密葬に、小雪の舞う通夜から思いのほか大勢の人々がやってきた。堀江さんは団地では住民組合の世話を、外では外国人労働者組合の世話をしていたのだそうだ。

いつも我が家の庭に来てはあれこれ草花や樹木の話をし、天候や季節の行事の話をのんびりしていたので、彼が多忙だとはまったく知らなかった。いまになってそれを知る。

仕事の合間や休憩時間に外国の若者たちが、それぞれの仕事着や正装で出席し、それは黒い服一辺倒ではなく、とてもカラフルなものもあり、さまざまな言葉が行き交い、どこかざわざわとしていてその空気が悲しみを和らげてくれた。悲しいが暖かい場となったのは、堀江さんの生き方そのもののようで、私はとても嬉しく心が和んだ。

別れは必ずやってくる、忘れてはならない、どのような別れであっても。

堀江さんは明君に一冊のノートをのこしていた。なんの変哲もないA５判の大学ノートだ。万が一意識がなくなった場合の治療の選択から死後やるべきこと、連絡先、納骨まで記されていた。彼はいつ、どんな気持ちでこれを書いたのだろう。墓はつくらぬよう、合同供養塔に納めるよう金額まで詳細に記入されていた。明君はこのノートを握りしめ、忠実に実行していた。

見せてもらったノートの連絡先のところに、井上あけみの名前がなかった。堀江さんが書いていないなら連絡はできない。明君の手伝いをしながらもし彼が訊ねてくれればとも思ったが、なかった。これが堀江さんと明君の答えなのだった。

桜が思いのほか早く散ってしまったあたたかい日曜日、明君と堀江さんの指示通り納骨をおこなうことにした。

明君が家に迎えに来てくれる。

——より子さぁん、明です。お迎えに来ましたぁ——

どこか散歩にでも誘うような軽快な声。明君は紺の綿のズボンに白いポロシャツ、私は薄いグレーのワンピースに肌寒いかと紺色のウールのショールを手にした。私たちは徒歩でその霊園に行く。明君は骨壺を明るい灰色のちりめんの風呂敷に包んでいる。堀江さんが好んでいつも使っていた古い、しかし、愛着のある風呂敷。隅に手まりをして遊ぶ着物姿の子どもが描かれている。

受付での手続きはあっけないほど簡単で、火葬証明書も求められず、明君がそのことを言うと、係りの人はああ、と言って受け取った。供養塔は霊園の少し奥まった緑の木立の中にあった。石の橋を渡り緩やかな石の階段をゆっくり進む。石塔は近くで見ると、思っていたよりも大きく見上げるほどだった。塔の後ろにまわり骨壺を手渡したが、明君は差し出した手をしばらくそのままにして立っていた。ここまでいくつかの別れの手続きがあったが、これが本当に最後のお別れだ。堀江さんのすべてを手放すようで、それを明君が思っているのだろう。差し出したままの手が、彼の喪失の大きさを現していた。

一礼をしただけですべてが終了した。形のあるものはなにもなくなった。明君をみて微笑んだ。彼も清々しい笑顔をみせた。

晴天の霊園は明るく、どこかにヤエザクラが咲いているのか、少し濃いピンク色の花びらが風に運ばれて舞っている。芝生の墓所もある。明るい気持ちになれるのはとてもよいことだと思う。並んで歩く明君も同じ思いなのか、陽気さが戻っている。彼はスポーツを続けている。中学、高校とフットサルをし、いまも社会人のチームにいるという。日に焼けてたくましい体格、種目の影響だろう首周りがとても太い。短い髪は少し栗色で、毛先が輝きながらぴょんぴょんと立っている。生まれた時から堀江さんとは似ておらず、何もかもがあけみにそっくりだ。そう、ただ、電話の声を除いては。

庭でお茶を淹れることにした。

――父のことを話す、いちばんふさわしい場所だと思います――

彼は静かに言った。

堀江さんが好きだったジャスミン茶を選ぶ。

強くなった日差しがたっぷりと日暮れまで当たるようになった庭には、遅咲きのスイセンや八重のチューリップ、パンジーやビオラが濃密な香りを放っていた。春先に種を蒔いたストックの芽がたくさん出ている。棚には冬咲きのジングル・ベルが終わり、モンタナ系の愛らしいピンクの花が開花しはじめている。毎年五月にならないと咲かないヤマボウシとマロニエの花が少しずつ咲きはじめている。このマロニエの花は紅色だ。

――これですべての手続きが済みました。より子さん、本当にありがとうございました。お世話になりました。これで済ますようにとあった貯金通帳をいま見ましたら、残金六百八十二円でした——

明君がからからと笑う。堀江さんが庭の花壇に立っている。

——より子さん、父と初めて会ったのはいつですか——

——私たち……いえ、そう、十六、七歳かな。三十年、それ以上になるのよね——

あけみと並んだ姿が浮かぶ。

——僕の年齢より長い——

——気が遠くなる時間のようだけれど、これが一瞬の、風が庭を吹き抜ける、そんなようにも思えるのよ。この時間の感覚は、年齢を重ねた者に与えられるご褒美ね。あなたのお父さまには長くお付き合いしていただいた。よき先輩というか、少し生意気をいうと、よき友人だった。年上の貴重なたいせつな親友だった——

——おじいちゃんとおばあちゃんと……楽しかったです。僕は半分はここで、この庭で育ったと思っています。夏はプールもあって、楽しみでした。保育園からも直接帰ってくることもありました——

——みんなでこの庭でたくさん笑ったわ。明君がモクレンに登って見えなくなって大騒ぎもしたね——

彼は、顔を少し赤らめ頭をかいた。

――本当に下りられなくなって。パニックになって声も出ませんでした。木登りって登るようには下りられないことをはじめて知りました。本当に怖かったなあ――

――お父さまには、あのクレマチスの棚を作っていただきました――

――はい。父は普段はとても慎重です。それなのに、この庭のことになると人が変わったようになって。あんなに人を笑わせたりはやとちりだったり。大工仕事などもともとから苦手でした。ご迷惑をおかけしました。しょっちゅうあの棚は自分がつくったって自慢するんだから。その度に僕はマヨンさんとでしょう、と訂正していましたけれど――

――いいえ。こんなに素敵なプレゼントは後にも先にもないわ。明君も私たち家族を明るくしてくれた。父も母もあなたに会うのを楽しみに心待ちにしていました――

――ここは父の思い出でいっぱいです――

花壇のパンジーやビオラが南風にこまかく揺れている。なんだろう、羽音を響かせて庭を横切っていった。この音は今年初めて聞く。クレマチスは、これから次々と咲き続け灼熱のときも乗り越えていく。猫は、堀江さん以外の客の前には姿を見せない。いまもどこかに潜んでいる。

——私にとっても。明君、いつでもここに帰ってきてね。この庭がこのまま変わらないよう毎日手入れをします。私はここにいます——

——マヨンさんにもぜひ伝えてください。この庭でまた会おうと——

彼は帰っていった。

五月のある日、重くて鈍い音が一定の、ゆっくりしたリズムを刻みながら近づいてくる。すぐに彼の自転車だとわかる。平日の午後、カルバヨグ・マヨン君がやってくる。

彼はフィリピン、サマール島の出身。細くて小柄で少年のような顔立ちだ。初めて会ったのは、堀江さんが花の棚をつくるのにいっしょに手伝ってくれたとき。つくると言った堀江さんよりもずっと作業を熟知していて器用だった。彼はホームセンターの園芸売り場の担当だ。私が店に行くときもあるが、彼が休みの時に立ち寄ってくれることのほうが多い。住まいはセンター近くのアパートだが、この家までは六キロメートルほどある。すべて上り坂で、最後の一キロメートルは急坂である。そこを彼はいちども自転車を降りず、同じリズムでペダルを漕いでやってくる。自転車は古いもので、よく荷台に豆腐や出前ものなどを乗せて走っていたあの重そうな自転車である。廃棄処分のセンターから譲ってもらったのだそうだ。もちろん切り換えられるギアなどない。

――胸突き八丁です――

マヨン君のお祖父さんがワライ語のほか日本語を話し、彼の母親も日本語を話す。彼は日本語とタガログ語を話す。もっと英語が得意なら、マニラかアメリカに行っていたという。外国人労働者ユニオンで日本語講座を受け再度習った。講師は堀江さんだった。ホームセンターに勤めたときは、日本語ができること、数量がわかることで、材木やチェーン、金具の切り売りのところに配属されたが、モルタルの照り返しの強いところに大量に陳列され、枯れれば廃棄されていく草花をみて、上司に許可をもらい、ひとりで日よけをつくり、アルバイトがやる日中の水遣り、ホースでジャブジャブと水を撒くのだが、それを自身の仕事が終わる夕刻に引き受けた。枯れれば廃棄されていく苗が僅かだが減少はしたものの大勢に影響はなかったが、それでも彼は止めなかった。しばらくして彼は園芸担当になり、いまは主任となっている。

少し黄ばんだ白いTシャツに灰色の作業ズボン、サンダル履き。彼の服装は真冬になるまでかわらない。雪が降るような寒さになると、この上にセンターのジャンパーを着るだけだ。顔なじみでない巡査には、職務質問をされるときもあるらしい。彼はそのときの会話を、巡査の言動をあまり言いたがらない。そういうとき、堀江さんは正確に聞きだし警察に抗議に行く。その都度足を運びその都度抗議をした。

マヨン君は、直接庭に入ってきて、縁側に腰掛ける前にざっと樹木や草花を見て回る。その目は患者を診る医者のようでもあるし、また、妹や弟を見つめる兄のようでもある。

――私の村では観賞用の花を買う、そんな余裕はありません。実のなる木がいちばん喜ばれます――

あるとき出したマクワウリを、村にもあるといっておいしそうに中の種のあるとろりとしたところだけを食べた。果肉もおいしいというと、ほんの少し口にして驚いて、村ではかたくてまずく食べられないということだった。

あれはいつだったろうか。堀江さんとやって来てまだ日が浅いころ、庭をまわって彼は険しい深刻な表情をして言った。

――たいへん申し上げにくいのですが、庭の樹木五本ほど病気になったようです。原因はわからないので早速調べてみます。葉が変色し落ちています――

急いで彼の後をついていくと、ウメとロウバイが黄色に、ニシキギが紅色に、マルバノキはピンクや黄や紅に色づいていたのだった。堀江さんは落葉樹の説明をした。人々はこ

の変化を楽しむと伝えると、彼はとても不思議な表情をし、

――地球はなんと広くて素晴らしいのか――

と、ひとこと言った。

ひととおり庭をみてくれ、いつものように何事かブツブツと言いながら彼は縁側のいつもの自分の場所に腰をかけた。踏み石に片足だけ掛けられるところ。少し距離がある。間には堀江さんが座っていた。私たちは座る位置を変えなかった。

あまり冷えていない麦茶を、彼はありがとうございます。いただきます。と丁寧な言葉遣いで少し頭を下げてひと口ずつ味わいながら口に含み、ゆっくりと飲み下す。彼の好物は常温の麦茶で、一年中愛飲している。

――バラとウメに少し薄い薬を撒きましょう。虫にやられています。アブラムシとハダニだと思います。

堀江さんには本当にお世話になりました。僕の日本でいちばん大切な方でした。より子さんは、堀江さんとは古くからのご友人だと伺っておりましたが――

――そう、友人というよりは、やっぱり先輩ですね。とてもいい先輩――

――いい方でした。寂しいです――

——マヨン君、時々は寄ってくださいね。庭のことこれからもお願いします——

——はい。できる限りいたします。ここに来ると堀江さんとの思い出がたくさんあります。あのクレマチスの棚とか——

——そう、楽しかったね。うまくいかなくて。最初など土台が斜めになっていたものね、でこぼこで——

——堀江さんの手は柔らかで指も細くて長く、そういう方は土木作業には向いていません——


目の前にそのときの光景が鮮やかに蘇る。放たれる声のトーンまで。ホームセンターの車を借り二人してまず木材を運んだ。堀江さんはふらふらで、運べない。すぐにマヨン君との立場は逆転したが、堀江さんはとても素直にマヨン君の教えに従っていた。度の強い丸いレンズの奥で彼の眼は穏やかで、だが真剣だった。苦手であるにもかかわらず、この庭をいっしょに世話をしてくれ、楽しんだ。思い出すと、たくさんの笑みが浮かんでくる。


あけみから電話があったのは、七月。

——驚いたわ。こんなに早く彼が逝くなんて——

明君から手紙が届いたという。

――知らせるのは、明君の役目だと思ったの――

――ありがとう。気を遣わせたわね。喬のノートに私の住所も名前もなかったって言うし、そこのところは明も手紙に書いていた。もし、何か困ったことがあれば、木村より子さんに相談するようにと書かれていたそうよ――

私はノートを見たことはあけみには言わなかったが、そんなことが書いてあるのは知らなかった。明君は最後までそれは言わないでいた。父親似の思いやりだ。

――八月の二十日を過ぎれば何とか行けそうなの。お墓参りだけでもしようと思って。帰りに寄らせていただいてもいいかしら。明には知らせないわ。喬にとっても明にとっても私は遠い遠い存在なのよ。明、私のこと井上さんて呼ぶのよね。でもそう呼ばれても仕方がない、当然なんだと思う。原因は明確なんだし――

彼女がそう言った時、猫のブサイクが庭をゆっくり横断していった。まだ生きていた。と私は心の内で叫んだ。高齢で、やせ衰え毛も抜け足がふらついていた。もうずいぶん見かけなかった。黒白のブチなのだが、顔の半分、ちょうど目の周辺が黒色で、みるからに人相ならぬ猫相が悪い。貧弱にみえる。どこかに飼われているのだと思うが、生まれたときからほぼ一日中この庭で過ごしている。夏は北側の風の通る日陰や花棚に、冬は南の花壇やたっぷり日差しがあるモルタルのところに。

いつだったろうか、堀江さんがやってきたとき、驚いて花壇の、そう、真夏だった、ニチニチソウとセンニチコウの間に飛び込んで身を隠したが、こちらに金色の目を向けていてすぐわかり彼を驚かせた。その次からはしっかりと目も伏せていたが。

——お前はブサイクな顔をしているから、これからはブサイクと呼ぶ——

堀江さんは両手で抱き上げて言った。彼は庭に立つとブサイクはいないかと探していた。ブサイクにも伝わるらしい。素知らぬふりをしてゆっくりと、普段より時間をかけて庭を横切っていく。

ブサイクは親になり、ブサイク二世もやはり左目のまわりが黒く同じように花壇の間に隠れては目だけをこちらに向けていた。夜など暗闇の庭から光るふたつの目は、わかっていてもどきりとする。たぶん、飼い主のところではちゃんとした名前をもらっているのだろう。どんな名前なのか。お行儀もいいのかも知れない。けれど、この庭では彼女はブサイクとなって、知ってか知らずか、のんびりと実にマイペースに、全身をひたすら弛緩させ、寝転がったり花壇に身を隠し好きなだけじっとしている。時折見て欲しいというように芝生の中央に立派な糞便も置いてくれる。きっとかわいい名前をもらっているはずのブサイク二世も、ここでは親を真似る。

あけみといつも一緒にいたのは高校生活の二年半ほど。彼女は大学卒業と同時に結婚している。大学在学中の彼女のことを私は知らない。

あのとき、堀江さんのところに二人して日参したのはあけみが熱心だったのか、私が熱心だったのか。どちらにもそれらしい理由はあったが、堀江さんがいなければ通わなかっただろう。堀江さんはいつも事務局にいた。細く弱そうで、秋になると誰よりもはやく厚手のマフラーをしていた。隣の席を陣取ってはあれこれ質問をし、おやつをごちそうになった。申し訳程度にチラシの印刷や発送を手伝った。活動のことより楽しかったのだ。たぶん、放課後街に出てウインドーショッピングをしたりアイスクリームを食べたりカラオケに行くような、それよりも。あけみはどんな想いだったのだろう、あのときから結婚を意識してはいなかっただろう。きょうなら訊ねられる。それとも天候や庭の話で時間切れになるのか。

幼い子どもを残して家を出た彼女は、その後すぐに男性と暮らしていることがわかった。彼女が勤めていた団体の上司で、その男性も家を出ていた。男性の妻が、事務局や自宅に押しかけて大声をだしたそうだ。それはうわさの風に乗り私たちのところまで届いた。しばらくしてその男性は家に戻ったらしいことも聞いた。あけみは戻ってこなかった。明君の様子を訊ねられるのは私しかいないはずだったが、連絡はなかった。彼女らしい思い切りのような気もする。電話は今回が初めてだった。声は昔のままの華やいだ少し甘ったるい可愛い声だ。どんな姿になっているのだろう。あの声では、姿も昔と変わらないのではないか。私のように白髪も染めず化粧もせず、土仕事の後に少しハンドクリームを擦り込むぐらいでは、彼女は驚くかも知れない。あけみが来れば、あのころの事務局通いのことを訊ねてみよう。きょうは堀江さんの話をしてもいいような気がする。あのころの話ができるのはあけみとでしかない。ふたりしかいないのだから。ふたりして堀江さんの話をしよう。

深夜に台風が通過するらしいという午後、堀江さんとマヨン君がいっしょに訪ねてくれた。十数年ぶりという直撃が高い確立で予想され、その前回を思い出すのもたいへんだと思いながら途方に暮れていた。

やって来た二人は黙々とハーブや花壇の手入れをし、生い茂っている花木はビニール紐で二箇所ほど縛った。風で飛びそうな鉢植えやプランターは縁の下に避難させ、裏庭にある古い物置小屋は引き戸が外れているため外側から×の字に打ち付けた。この屋根は風で飛ばされるかも知れない。重石を置こうかとも思ったが、石の重みで穴が開く可能性もあり諦める。打ち付けるのも危険だ。外れるのは仕方ないが、よそのお宅に迷惑が掛からないよう祈るしかない。長い物干し竿も取り込んでおく。

二人がいる間に重い雨戸を戸袋から出しておきたかったので手伝ってもらう。木の戸袋は古くささくれ立っていて怪我の危険がある。前に閉めたのはたぶん、十数年前ではないだろうか。そうだそのとき、戸袋からネズミの屍骸がでてきて驚いたことがある。そのことはふたりには言わないことにする。身元不明の糞がある。使い古しの小さな箒でさっととる。ほとんど閉めないのでレールも錆びて歪んでいる。戸袋から出すだけでも時間が掛かり、そこからレールに乗せたようにして動かすのも大変だ。力だけではないコツがいる。私は要領を説明しようとするが、言葉ではとても説明できない。雨戸に向かって私は思わず「頑固者」と悪態をついてしまう。器用なマヨン君でさえ首を傾げている。三人で力を合わせる。次第に部屋は闇の中となる。最後に庭に面した六枚の作業を終えると、外の気配も妙な具合になってきた。気圧のためなのか、重苦しい空気が漂う。

明かりを灯し、甘めにつくったレモネードを飲む。キャンプに来ているようだと堀江さんは浮き浮きはしゃいでいる。マヨン君は、大型の台風には故郷で遭っているという。すべてみんななくなってしまうと静かに言った。

――水は大丈夫だよ。ここは高台だし。竹やぶだったから地面は固いんだ。問題は花の棚だな。どうかな――

――棚は大丈夫だと思います。堀江さんと僕との技術の結集ですから。それよりこの雨戸が。外れないか心配です。戸袋のほうが危険かもしれません。台風が過ぎたらいちど補強しましょう――

私は力強く頷く。台風の前には必ずそう思っている。手を入れなければと。そして過ぎるとそのままになる。すっかり忘れてしまう。その繰り返しだ。マヨン君なら実行してくれるだろう。

――僕の村では台風が来ると必ず死者がでます。こんなに詳しい情報がこんなに早くからあるなんて。僕は今回初めて台風の形を見ました――

雨が強まってきた夕刻、マヨン君は自転車で、堀江さんは歩いて帰っていった。

深夜、それまでの豪雨がおさまり、風が南東から強くなった。風はまるで生きているかのように縦横無尽に舞い身をくねらせた。裏庭のほうから時折下から突き上げるようにうねると、パンパン、パンパンと派手な悲鳴をあげるのは、物置小屋の屋根か、洗濯物を干す上の波板だ。ところどころビスが錆びていてきかなくなっている。風の音がすると、少し家が持ち上がるような、宙に浮く感じもする。ミシッ、ミシッという音は、そこここからしてくるが、それを打ち消すようにふたたび風が舞う。重く豪腕だ。そう、台風が生き物のように錯覚してしまうから不思議だ。老朽化した家屋なのだと覚悟してみても眠れず、時々はテレビをつけて台風の変わらぬ位置を眺める。ひとりでハーブティーを作るのも面倒で、白湯をマグカップで飲む。こうやって大風が過ぎるのをただ、じっと待つのだ。私にできることはじっと待つことだけだ。

色づく前のマルバノキの葉がのこりますように。今年もピンク色をしたハートの葉を栞にしたり手紙に添えたりしたい。濃淡合わせたピンクに山吹色、オレンジ色と多彩に色づきその最中に淡紅色の小さな花もつける。両親も堀江さんもマヨン君も好んでくれる。マヨン君は葉がハートの形をしているから村の家族たちに送る手紙に入れているという。そうだ、十数年前の台風で、歩いてすぐの、まだ残っていた竹林の入り口にある桐の木が真二つに裂けたのを思い出す。白モクレンが倒れませんように。高齢なのだ。柔らかではあるが、とっくに瑞々しさは失われている。

もうこれぐらいで赦してやろうというように風がおさまり静かになった。台所にあるはめ込み窓から朝日が差す。濡れた雨戸は午前中乾かさなければならないので、そのままにして外に出た。

大風と大雨が嘘のような高くて濃い青空だった。陽光を受け、雨に濡れた植物や家のまわりの小さな金具までもがきらきらと輝いていてまぶしい。こんな強い日差しだったのかとたじろいでしまう。ただ、強風が南から吹いていて、それが熱風のようで気温は高く、暑い。庭にはかなりの葉や小枝が散乱していた。どこから運ばれてきたのか見知らぬ葉もたくさんある。しまい忘れていたプラスチック製のジョウロと育苗箱が、散々風に弄ばれたようすで転がっている。クレマチスも花の棚も物置小屋も大丈夫で、今回限りか、戸袋も雨戸も外れたりはしていない。何事もなかったかのようだ。モクレンもマロニエもヤマボウシもマルバノキも思いのほか葉が落ちていない。強い。時季がくればあんなにはらはらと儚げに落ちるのに。

——縁側の籐椅子で少し眠ってしまったようだ。

立秋が過ぎて三週間以上も経つのに、気温はきょうも軽く三十五度を越えている。夕立もなく朝晩も気温が下がらない。ただ、明け方の空の色だけはすっかり秋を告げてはいるのだが。

散水に使う雨水を溜めるタンクも空の状態だ。やはり、彼岸までこのままの暑さが続くのだろう。

軒下に吊ってあるマヨン君お手製の竹細工の風鈴が、ことりともいわない。額や首に汗がじっとりとからみつくように流れる。

洗面所で顔を洗い、乱れた髪をととのえる。日に焼けた皺のある乾いた肌。少し化粧水をふる。冷水を飲んでやっと人心地ついた。そろそろあけみがやってくる。ハーブティーにするレモンバームの葉を摘んでおこう。

まわりをつかず離れず飛んでいる羽虫の羽音の向こうから、こまかな靴音が聞こえてくる。あのリズムはさっき出かけた彼女が帰ってきたのだ。もうすぐフェンス越しに黒い日傘が流れる。彼女はハーブティーを飲むだろうか。そうだ、散らかるままになっている本棚をいちど整理してみようか。彼女の声が聞けるかどうかと思うよりはやく、私は話し掛けていた。

——ハーブを少し持って帰りませんか——

靴音が止み、フェンス越しの黒い日傘が目の前で止まった。

初出一覧

隠しごと　「婦人文芸」89号　二〇一〇年十一月
キャリントンの頃　「婦人文芸」84号　二〇〇七年十二月
憶えていること　「婦人文芸」94号　二〇一三年十一月
夢の人びと（「夢の人」改題）　「婦人文芸」85号　二〇〇八年六月
トランシルヴァニアの雨　「婦人文芸」88号　二〇一〇年四月
はなしかたの練習　「孤帆」14号　二〇〇八年十二月
きのこ（「つっけんどんな夜に」改題）　「孤帆」17号　二〇一一年二月
パーティー　「孤帆」18号　二〇一二年五月
晩夏に　「孤帆」16号　二〇一〇年六月

北村順子（きたむら・じゅんこ）
1955年京都市生まれ。
大阪文学学校修了後、「VIKING」（神戸市）同人
を経て現在、
「婦人文芸」の会（東京都）会員。
「孤帆」（横浜市）、「原生林」（名古屋市）メンバー。

晩夏《ばんか》に
二〇一五年十二月一日発行
著　者　北村順子
発行者　涸沢純平
発行所　株式会社編集工房ノア
〒五三一―〇〇七一
大阪市北区中津三―一七―五
電話〇六（六三七三）三六四一
FAX〇六（六三七三）三六四二
振替〇〇九四〇―七―三〇六四五七
組版　株式会社四国写研
印刷製本　亜細亜印刷株式会社

ISBN978-4-89271-239-5

表示は本体価格

天野さんの傘　山田　稔

生島遼一、伊吹武彦、天野忠、富士正晴、松尾尊兊、師と友、忘れ得ぬ人々、想い出の数々、ひとり残された私が、記憶の底を掘返している。　二〇〇〇円

マビヨン通りの店　山田　稔

ついに時めくことのなかった作家たち、敬愛する師と先輩によせるさまざまな思い——〈死者をこの世に呼びもどす〉ことにはげむ文のわざ。二〇〇〇円

コーマルタン界隈　山田　稔

パリ街裏のたたずまい、さまざまな住人たち。孤独を影のようにひきながら暮らす異邦の人々、異邦の私。街と人が息づく時のささやき。　二〇〇〇円

軽みの死者　富士　正晴

吉川幸次郎、久坂葉子の母、柴野方彦、大山定一、竹内好、高安国世、橋本峰雄他、有縁の人々の死を描く、生死を超えた実存の世界。　一六〇〇円

碧眼の人　富士　正晴

未刊行小説集。ざらざらしたもの、ごつごつしたもの、事実調べ、雑談形式といった、独自の融通無碍の境地から生まれた作品群。九篇。　二四二七円

火用心　杉本秀太郎

〔**ノア叢書15**〕近くは佐藤春夫の『退屈読本』遠くは兼好法師の『徒然草』、ここに夜まわり『火用心』、文芸と日常の情理を尽くす随筆集。　二〇〇〇円

## 書いたものは残る　島　京子

**忘れ得ぬ人々**　富士正晴、島尾敏雄、高橋和巳、山田稔、VIKINGの仲間達。随筆教室の英《はな》ちゃん。忘れ得ぬ日々を書き残す精神の形見。　二〇〇〇円

## 竹林童子失せにけり　島　京子

竹林童子とは、富士正晴。身近な女性作家が、昭和二十五年の出会いから晩年まで、富士の存在と文学、魅力を捉える。　一八二五円

## 夜がらすの記　川崎彰彦

売れない小説家の私は、妻子と別居、学生アパートで文筆と酒の日々を送る。ついには脳内出血で倒れるまでを描く連作短篇小説集。　一八〇〇円

## 冬晴れ　川崎彰彦

軍医であった父は失意を回復しないまま晩年を送り、雪模様の日に死んだ。「冬晴れ」ほか著者の二十二年間の陰影深い短篇集。　一六五〇円

## わが敗走　杉山平一

〔**ノア叢書14**〕盛時は三千人いた父と共に経営する工場の経営が傾く。給料遅配、手形不渡り、電車賃にも事欠く、経営者の孤独な闘いの姿。　一八四五円

## 巡航船　杉山平一

名篇『ミラボー橋』他自選詩文集。青春の回顧や、家庭内の幸不幸、身辺の実人生が、行とどいた眼光で、確かめられてゐる（三好達治序文）。　二五〇〇円

## 臘梅の記　林 ヒロシ

**大槻鉄男先生のこと**　先生といると高められ安らいだ。仏文学者・詩人・大槻鉄男とのかけがえのない師弟愛。とりまく友情の時間を呼びもどす。二〇〇〇円

## くぐってもいいですか　舟生 芳美

**第11回神戸ナビール文学賞**　あたしのうち壊れそうなんです。少女の祈りと二十歳の倦怠。天賦の感性と観察で描き出す独特の作品世界。一九〇〇円

## 佐久の佐藤春夫　庄野 英二

佐藤春夫先生について直接知っていることだけを書きとめておきたい——戦地ジャワでの出会いから、大詩人の人間像。一七九六円

## 三角屋根の古い家　庄野 至

鷗一、英二、潤三の三人の兄と二人の姉、著者と両親。家族がにぎやかに集ったのは、兄たちが出征する戦争の時代でもあった。家族の情景。一九〇〇円

## 象の消えた動物園　鶴見 俊輔

私の目標は、平和をめざして、もうろくするということです。もっとひろく、しなやかに、多元に開く。２００５〜２０１１最新時代批評集成。二五〇〇円

## 源郷のアジア　佐伯 敏光

**インド・中国雲南・マレーシア３紀行**　私たちはどこで生まれ、どこを歩いて来たか。中国山地の生地から遠いはるかな血と精神を索める旅。一九〇〇円